Tanja Gitta Sattler

Der Peinlich-Run

Tanja Gitta Sattler

Der Peinlich-Run

Humoristische Literatur

Bibliografische Information der Deutschen National-bibliothek: Die Deutsche Nationalbibliothek verzeichnet diese Publikation in der Deutschen Nationalbibliografie; detaillierte bibliografische Daten sind im Internet über http://dnb.dnb.de abrufbar.

Cover: Michelle Winter / Kommunikationsdesignerin

1. Auflage, 2021
Verlag: Harderstar, Zuiderzee op zuid 37, 8256SP Biddinghuizen Niederlande

2. Auflage, 2025
Verlag: BoD · Books on Demand GmbH, In de Tarpen 42, 22848 Norderstedt, bod@bod.de

Druck: Libri Plureos GmbH, Friedensallee 273, 22763 Hamburg

ISBN 978-3-7693-1160-0

Widmung

Dieses Büchlein möchte ich sämtlichen Fettnäpfchen widmen, in die ich in meinem Leben je getapst bin. Für euch, ihr Lieben, die ihr mich nie vergesst, mir in allen Lebenslagen treu zur Seite steht und mir dabei eine solche Aufmerksamkeit schenkt, dass ich vor lauter Schamesröte kein Rouge benutzen muss. Euer Feuerwerk an Ideen schafft es immer wieder, dass ich sekundenlang sprachlos bin – wer mich kennt, weiß, welche Glanzleistung dahinterstecken muss!

Ohne euch, liebe Fettnäpfchen, wäre mein irdisches Dasein bloß halb so spannend. Welch schreckliche Vorstellung! Aber pssst, kleiner Tipp, es gibt weitere Bedürftige. Ich wäre wirklich gar nicht böse, wenn's in Zukunft öfter mal die anderen träfe ...! Teilen macht Freude, oder etwa nicht?

Ein Hoch auf euch Fettnäpfchen, nun seid ihr in Stein gemeißelt!

8

Vorwort

Besonders intensive Erfahrungen mit dem Phänomen „Peinlich" bescheren mir seit jeher etliche Sternstunden, heißt, ich mache nächtelang kein Auge zu. Schlaflosigkeit bewirkt einen Zeitüberschuss, der sich ganz wunderbar mit Grübeln ausfüllen lässt. Eines Morgens stelle ich fest, dass ich ein Büchlein geschrieben habe und erkenne: Blamage wirkt stärker als Koffein! Der Inhalt dieses Büchleins strotzt vor peinlichen Situationen, peinlichen Talenten und ist gekrönt von der peinlichen Persönlichkeit per se.

Du fühlst dich direkt angesprochen oder gar ertappt? Klasse, dann sind wir schon zu zweit! Aber wer weiß, vielleicht behauptest du auch, dich noch nie im Leben blamiert zu haben? Dann behaupte ich, dass du ein Alien bist!

Meiner Erfahrung nach lauert die Chance zur Blamage überall. Sie begleitet uns wie ein Schatten, nicht brav, aber absolut zuverlässig, durch alle Lebensphasen hindurch. Was ich ihr lassen muss: In Form und Ausprägung zeigt sie sich äußerst kreativ! Bisher begegneten mir sowohl moralisch und kulturell bedingte Peinlichkeiten, groteske, inkompetente, spontane und forcierte als auch harmlose und fatale, saukomische und saublöde. Irgendwann drängte sich mir die Frage auf: Empfinden wir alle gleich, ab wann und ob überhaupt etwas peinlich ist? Die Antwort lautet: Nein! Die persönlichen Sichtweisen, Lebensumstände und Bewertungen sind entscheidend.

Zu abstrakt? Kein Problem. Ich werde die Hintergründe meiner Erkenntnisse kraft handfester Beispiele aufdröseln und dabei kein Blatt vor den Mund nehmen – auch wenn es peinlich wird.

Das ist dir recht? Wusste ich's doch!

I. Teil Essay

Du sollst nicht lügen – oder etwa doch?

Das geliebte Kind darf mit zur Karla fahren, Muttis bester Freundin. Die Ärmste ist vor wenigen Tagen von ihrem Gatten verlassen worden. Als nach dem harmlosen Einführungssmalltalk und drei Stückchen Käsesahnetorte der Vorfall unweigerlich zur Sprache kommt, schmettert die Mutter voller Mitleid und Wut heraus: *„Ich verstehe überhaupt nicht, wieso der Kerl sich davongemacht hat, Karla! Du bist doch so eine liebenswerte, umgängliche und tolle Frau!"* Da knallt das eigene Fleisch und Blut die Kuchengabel auf den Tisch und kreischt aufgebracht: *„Aber Mutti, du lügst ja! Gestern hast du noch zu Papa gesagt, dass es kein Wunder ist, wenn Karla die Kerle wegrennen. So zickig wie die ist, bist du auch froh, wenn du nach ein paar Stunden die Flatter machen kannst!"*

Karlas Freundin hat ihrem Töchterlein immer wieder eingetrichtert: *„Du sollst nicht lügen!"* – jetzt hat sie den Salat! Das Positive daran ist, sie erhält in diesem unschönen Moment den definitiven Beweis dafür, dass ihre Erziehung Früchte trägt. Beeindruckend, denn das kann beileibe nicht jede Mutter von sich behaupten!

15

Obendrein hat sie gelernt, dass moralisch hochgeschätzte Werte, praktisch angewandt, peinliche Auswirkungen haben können. Jetzt ist sie klüger!

Das Negative an Klugheit ist, die Auswahl an Denk- und Handlungsoptionen wird breiter. Du gehörst natürlich zu den Klugen und weißt: Wer die Wahl hat, hat die Qual! Die arme Mutter ist ratlos. Auf welche Grundsätze soll sie sich zukünftig stützen, wenn es (in Sachen lügen) um die Erziehung ihrer Tochter geht? Was ist richtig, was ist falsch? Moses Einstellung dazu kennen wir, aber frag mal die Karla ...

Blamage ist geil, sogar öffentlich-rechtlich

Nehmen wir nun die forcierte Peinlichkeit unter die Lupe. Im Unterhaltungsgenre ist der schier unendliche Fundus menschlicher Missgeschicke aufs herzlichste willkommen. Wieso ist das so?

Bestünde das, was auf unserer schönen Welt so vielfältig kreucht und fleucht, aus reiner Perfektion, gäbe es dieses Büchlein nicht. Ob das wirklich schade wäre, kannst du vermutlich noch nicht abschließend beurteilen. Richtig? Richtig! Doch es liegt nahe, dass die Arbeitslosenquote der schreibenden, der schauspielernden sowie regieführenden Zünfte im komödiantischen Bereich, ohne diesen Fundus an menschlichen Missgeschicken, jede Statistik sprengen würde. Das Repertoire der großen und kleinen Bühnen würde um einiges schlanker und trauriger aussehen. Manche denken ja schlank sein bedeute glücklich sein per se. Ha – von wegen! Nicht in diesem Fall!

Humoristische Theaterstücke wären für die Katz', die gesamte Comedy-Sparte, selbst das politische Kabarett, müsste ohne den nie versiegenden Schatz an Steilvorlagen in die Röhre gucken. Im Film- und Fernsehuniversum verhielte es sich kaum anders. In einer aalglatten Lebenswirklichkeit würden etliche Sendereihen, Reality-TV, Talkshows, Filmkomödien, Seifenopern und so weiter und so fort sinn-, zweck- und somit erfolglos sein. Ein künstlerisch aktiver Mensch ohne Sinn, Zweck und Erfolg ist wie ein Goldgräber ohne Gold. Ergo: Ein armes Schwein!

(Bitte verzeih mir die grobe Ausdrucksweise, aber so ist es doch?)

Für die groß aufgezogenen Projekte in der Unterhaltungsbranche gilt das Gleiche, nur müssen wir es an dieser Stelle anders betiteln. „Flop" klingt zwar harmlos, dennoch trifft es sämtliche Beteiligte exakt zwischen die Augen.

Wenn individuelle Talente oder Projekte, die sich das Phänomen „Peinlich" zunutze machen, den Durchbruch schaffen, zählt Kollege Ruhm fleißig große Scheinchen. Vielleicht nur eine Zeit lang, Fortuna ist launig. Doch was versuchen uns spirituelle Ratgeber sowie etliche Erfolgscoaches immer wieder zu lehren? Genieße den Augenblick! Und es ist wahr! Ins rechte Licht gerückt, besteht eine gute Chance, aus blamablen Erlebnissen und Situationen amüsante und beglückende Momente zu zaubern, die das schnöde Einerlei des Lebens vergessen lassen. Sie sind das Salz in unserer Alltagssuppe. Blamage ist nicht nur unterhaltsam, Blamage ist geil!

Denken wir zum Beispiel an das britischamerikanische Komikerduo Stan Laurel und Oliver Hardy, alias „Dick & Doof". Der Kern ihrer Plots ist stets derselbe: Olli fühlt sich von Stan blamiert und wir leiden fröhlich mit ihm. Unsere Sympathie für Stan ist oft größer als jene für seinen Freund, obwohl wir dessen

Wutausbrüche bestens nachvollziehen können. Trotzdem – wenn der kleine Stan zu weinen beginnt, verzeihen wir ihm alles, genau wie Olli. Beim nächsten Sketch beginnt das Ganze wieder von vorne, ohne dass uns eine einzige Sekunde langweilig wird. Verrückt, oder? Würde das Duo noch leben, hätte es im Jahre 2021 das hundertjährige Jubiläum (!) seiner unglaublichen Erfolgsgeschichte feiern können. Denn das Slapstick-Genie der beiden kann uns heute noch begeistern.

Selbst ein tierischer Tollpatsch ist gern gesehen. Picken wir uns aus den amerikanischen Disney-Studios der 30er-Jahre die Figur von Donald Duck heraus, dessen gut gemeinten oder fiesen Ideen jedes Mal im blanken Chaos enden. Motto: Blamage garantiert! Im Comic-Genre ist Erpel Donald der Star aller Pechvögel, von Herzen bedauert und geliebt – damals wie heute.

Donald Duck erinnert mich häufig an zwei prägnante Schauspieler. Zuerst an einen Franzosen, spanischer Abstammung: Louis Germain David de Funès de Galarza, bekannt als „Louis de Funès". Durch seine Schauspielkunst mutiert Louis 1964 mit gleich drei Kinokassenknüllern zu Frankreichs Komikerstar Nr. 1.

Sein Markenzeichen: Stets mit ganzem Herzen bei der Sache (welcher auch immer), rast er – genau wie Donald – begleitet von schier unfassbarem Chaos, welches er mit seiner hektischen, cholerischen, oft himmelschreiend selbstherrlichen Art selbst auslöst, torpedogleich am Ziel vorbei. Klingt unerträglich stressig und doch sind beide Charaktere schier zum Knutschen! Zum anderen erinnert mich der lustige Erpel an die Rolle des Pariser Polizei-Inspectors Jacques Clouseau aus den Spielfilmen der US-amerikanischen Pink-Panther-Reihe. Der englische Schauspieler Peter Sellers ist für mich nicht nur die Erstbesetzung, der ab dem Jahre 1963 produzierten Kriminalkomödien, sondern die Bestbesetzung! Er gibt sich, im Gegensatz zu Louis de Funès, betont cool, wissend und bedacht. Doch seine gleichzeitige Tölpelhaftigkeit bildet für das Publikum einen herzerfrischenden Kontrast zu der unseligen Besserwisserei. Diese stürzt seinen Vorgesetzten regelmäßig in blanke Verzweiflung, bald in den Wahnsinn, zuletzt sogar in den Tod. Unvergessen die Szene, in der Inspector Clouseau, gemeinsam mit einer bildhübschen Zeugin, in einer Nudisten-Freizeitanlage Nachforschungen anstellt. Bei der Flucht mit dem Auto geraten sie mitten auf einer belebten Kreuzung in den Stau – splitterfasernackt.

An der Spitze der Beliebtheitsskala in Sachen „Peinlich" steht, meiner Meinung nach, der britische Humor. Ungeheuerliche Umstände werden wie Alltäglichkeiten behandelt. Das scheinbar emotionslose Verhalten der Akteure kann im Alltag dabei helfen, über Missgeschicke hinwegzusehen oder ihnen die Schärfe zu nehmen. Gerne wird der trockene Witz, der dahintersteckt, als professionelles Stilmittel verwendet, welches nicht selten im berühmt berüchtigten „Black Humour" gipfelt. Der legendären Komikergruppe „Monty Python", gegründet 1969, gelingt es mit bitterböser Leichtigkeit, bis weit nach ihrer endgültigen Auflösung im Jahre 2014, Milliarden von Lachmuskeln zu strapazieren. Ihre Darstellungen kippen mit Vorliebe ins Skurrile und gleiten in tiefste menschliche Abgründe hinab. Es ist entsetzlich und zugleich wunderbar stimulierend. Einer der Truppe, Michael Palin, wird 2018 bei der traditionellen Neujahrsehrung der Queen zum Ritter geschlagen. Die Kinofilme „Das Leben des Brian", „Der Sinn des Lebens" und „Die Ritter der Kokosnuss" gelten nach wie vor als absolute Kult-Filme!

Rowan Atkinson startet im Jahre 1989 unter dem Künstlernamen „Mr. Bean" eine sternschnuppenartige Solo-Karriere. Ich bezweifle, dass es einen Menschen gibt, der diesen herausragenden Vertreter des britischen Humors nicht kennt. Trotzdem wird Atkinson für seine Schauspielkünste 2013 von der Queen „nur" zum „Commander of the Order of the British Empire" ernannt. Möglicherweise liegt das an der letzten Szene aus dem Kinofilm „Johnny English 2". Die Queen will Johnny gerade zum Ritter schlagen, als er sie dummerweise mit der fiesen Killerputze verwechselt (der Kopfgeldjägerin des Bösen). Johnny nimmt sie in den Schwitzkasten und drischt ihr mit einem Silbertablett brutal auf dem gekrönten Haupt herum. Humor ist, wenn man trotzdem lacht. Wir wissen das! Aber wer sagt es der Queen? Beziehungsweise hätte sich gewagt, es ihr zu sagen? Vielleicht ist ihr Sohn ja kulanter, es betraf schließlich nicht seinen erlauchten Schädel …

Auch in unserem Land wird das Thema „Peinlich" oft und gerne ausgeschlachtet. Ich spreche nicht von deftigen Bierzelt- und Stammtisch-Zoten (obwohl selbst diese, bei entsprechendem Alkoholpegel, eine beeindruckende Wirkung entfalten können). Nein, bleiben wir niveauvoll und gedenken an dieser Stelle dem fantastischen Bernhard-Viktor Christoph-Carl von Bülow, kurz, Vicco von Bülow, bekannt als „Loriot".

In den 50er-Jahren beginnt er, mit seinem großartigen Schauspiel im Theater, Film und Fernsehen sowie humoristischer Literatur (inklusive genialer Zeichnungen) sämtliche menschliche Unzulänglichkeiten auf den Tisch zu packen. Punktgenau, auf ausgesprochen geistreiche, charmante und liebenswerte Weise.

Es gäbe an dieser Stelle viele große Künstler aufzuzählen, die jeweils mit eigenem Stil und Schwerpunkten überzeugen konnten und können: wie etwa Heinz Erhardt, Dieter Hildebrandt oder das Allroundtalent Otto Walkes. Als Hessin empfinde ich es als Pflicht, das Comedy-Duo „Badesalz" zu erwähnen. Doch schluss jetzt, die Liste ist mächtig lang! Außer, ihr wollt noch fix von der peinlichen Geschichte mit mir und einem hessischen Promi erfahren? In Ordnung. Seinen Namen werde ich allerdings faken, ich will ja keinen Ärger bekommen. (Sicher errätst du nie, um wen es sich dabei handeln könnte – ätsch!)

Der vierzigste Geburtstag meines Liebsten steht an. Irgendwie findet er das gar nicht erquicklich und tut so, als wäre es kein Fest, sondern ein Sperrmülltermin. Gut zureden hilft nichts, eine rettende Idee muss her! Gedacht, getan. Ich buche für den Tag X zwei Plätze bei der Comedy-Veranstaltung vom „Schnudeheinz".

Der Göttergatte mag seinen Witz und von daher verspricht es die perfekte Ablenkung vom Stichtag zu sein. Ich suche für unsere persönliche „After-Show-Party" in der Stadt, in der das Event angekündigt ist, eine hübsche Gaststätte. Das Einzige, was spät abends noch geöffnet hat, ist ein feudales, schweineteures Hotelrestaurant. Da ich kein Problem damit habe, die Kohle meines Mannes aus dem Fenster zu werfen, reserviere ich uns zwei Plätze und ordere einen Strauß Rosen für ihn. Er gönnt sich ja sonst nichts. Drei Tage vor dem Event schicke ich dem Restaurant eine CD mit seinem Lieblingslied und bitte das Personal, es abzuspielen, sobald wir einkehren. Außerdem versuche ich, telefonisch beim Manager vom Schnudeheinz zu erreichen, dass er meinem Liebsten von der Bühne aus zum Geburtstag gratuliert. Gerne bin ich bereit, auch dafür ein hübsches Sümmchen hinzublättern. Daraus wird aber nichts. Er klingt genervt:

„Wenn wir das bei allen machen würden, hätten wir sonst nichts zu tun!"

„Mit ‚sonst nichts tun' Kohle schieben, das ist doch großartig!", sage ich lachend.

Der Manager kichert nicht mal, sondern bügelt mich knallhart ab. Da werde ich sauer. Dachte, die sind alle superlustig bei so einer Comedy-Crew ...

24

Der Tag X ist gekommen und das Programm vom Schnudeheinz ist toll, da gibt es nichts zu meckern. Trotzdem wäre es schön gewesen, wenn … es lässt mir einfach keine Ruhe! Wir fahren wie geplant zum Hotelrestaurant. Ein extrem höflicher Kellner führt uns an den Tisch – Scheiße! Die bestellten Rosen sind nicht rot, sondern rosa. Ich lächele gequält. Mein Mann hasst rosa. Aber er liebt mich und lächelt auch. Die CD springt an, fetter Gangster-Rap beschallt das noble Sterne restaurant. Ich habe wohl eine CD vom Sohnemann erwischt. Ein Typ mit mächtiger Stimme droht damit, irgendeine Mutter zu ficken. Die wenigen Gäste, die außer uns noch im Raum sind, verlassen fluchtartig das Lokal. Der Chefkellner flucht so laut, dass der Koch aus der Küche eilt, in seiner Rechten baumelt ein totes Huhn. Er drückt auf „Aus" und dem Rapper verschlägt es die Sprache. Mir ebenfalls! Geflügel kommt mir heute jedenfalls nicht in die Suppe. Wir setzen uns und müssen lachen. Der Kellner lacht nicht, serviert uns aber zwei Gläser Schampus aufs Haus, weil mein Mann Geburtstag hat. Auch gut! Wir geben unsere Bestellung auf. Da öffnet sich die Tür, der liebe Schnudeheinz schlappt herein und flötet höflich *„Gud'n Owend!"* Seine Mimik, seine Gestik, alles genau wie auf der Bühne – das ist ja ein Ding!

Saustark! Der hat natürlich in diesem teuren Schuppen eingecheckt, hätte ich mir denken können. Nach der Vorspeise überlege ich, ob der nette Promi nicht doch meinem Süßen zum Geburtstag gratulieren könnte. Das Geburtstagskind versucht mich verzweifelt zurückzuhalten – keine Chance! Habe inzwischen eine halbe Flasche Weißwein intus und bin voll in Fahrt! Ich setze mich zum Schnudeheinz an die Bar und tu erst mal so, als wüsste ich nicht, wer er ist. Aus Lust und Laune erzähle ich ihm einen furchtbar dreckigen Witz. Mein Mann beginnt langsam, aber sicher unter den Tisch zu rutschen. Nicht wegen dem Chardonnay, sondern weil der Comedian partout nicht lachen will (ob der mit dem Manager verwandt ist ???) und ich tiefer in die Schublade greife. Der zweite Versuch fährt genauso gegen die Wand, also packe ich den dritten Kalauer aus. Ein echtes Brett! Das Geburtstagskind hat sich mittlerweile in Luft aufgelöst. Die Bedienung serviert das Hauptgericht und schaut den Schnudeheinz fragend an. Der schüttelt gutmütig seinen Kopf und macht eine deeskalierende Handbewegung. Toll, was denkt denn dieser spießige Kellner von mir? Etwa, dass ich den Ehrengast belästige? Würde mir nie einfallen. Wenn der angemessen gelacht hätte, wäre ich längst weg! Und wo ist bitte schön der Gatte abgeblieben?

„Ein Spitzenwitz von einer echten Hessin, super!" Der attraktive Dunkelhaarige, welcher auf der Bühne vorhin das Piano spielte, gesellt sich zu uns. Ich bin begeistert, endlich jemand, der mein Können zu schätzen weiß! Er ruft nach dem Kellner, um eine Runde Schnaps zu bestellen.

„Vier bitte", sage ich.

„Wieso vier?", fragt der Pianist verwirrt.

„Na, mein liebster Ehemann braucht sicher auch einen. Der hockt unter 'm Tisch und hat spontan zum Glauben gefunden."

„Hat spontan zum Glauben gefunden? Wieso das denn?"

Ich deute auf mich und singe: *„Liewer Gott, bidde mach' misch krumm, dass isch net in die Klappsmühl' kumm'."*

Der Pianist versteht nur Bahnhof, doch jetzt kommt Leben in den braven Schnudeheinz und er fängt herzhaft zu lachen an. Ich fand den dreckigen Witz viel besser, aber wie sagt die liebe Frau Mama immer so schön?

„Geschmacksach' hat der Aff' gesagt und die Seife trotzdem gefressen!"

Kaum habe ich die beiden Künstler darüber aufgeklärt, dass mein Liebster heute seinen runden Geburtstag feiert, katapultieren sie ihn unter dem Tisch hervor und gratulieren ihm recht herzlich. Na also, am Ende hat's doch noch geklappt! Das war ein harmloser Fauxpas. (Für mich! Für meinen Süßen eher ein fataler!)

Das öffentlich-rechtliche Fernsehen heizt dem Erfolgszug „Peinlich" seit jeher kräftig ein. Mit Filmkomödien, Comedy-Sendungen und Seifenopern, die witzigspitzig (manchmal bis zur Schmerzgrenze überspitzt) den ganz normalen Alltags-Wahnsinn widerspiegeln und mit auf Blamage spezialisierten Projekten wie „Vorsicht Kamera", moderiert von Chris Howland, der die Idee der britischen Fernsehsendung „Candid Camera" im Jahre 1961 erstmals nach Deutschland transportiert. 1980 springen der schweizer Moderator Kurt Paul Felix und bald auch seine charmante Frau Paola mit der Sendung „Verstehen Sie Spaß?" auf den Erfolgszug auf. 1986 folgt der Österreicher Max Herbert Schautzer mit „Pleiten, Pech & Pannen". Dank der inzwischen auch für Laien erschwinglichen Filmtechnik entsteht eine neue Nische. Das Publikum wird aufgefordert, witzige Missgeschicke zu filmen und einzusenden. Die Privatsphäre ganz normaler Menschen beginnt sich vor der breiten Masse zu entblößen. Bei Erfolg winken attraktive Sach- und Geldpreise. Seit 1955 versuchen Privatsender in Deutschland den Öffentlich-rechtlichen Konkurrenz zu machen. Auch hier darf das einfache Volk kräftig mitmischen. Über die Qualität der Sendungen lässt sich streiten, aber wer es peinlich mag, wird dort in jedem Fall fündig werden (was weniger am „einfachen Volk", als vielmehr am Konzept liegt). Im Abspann von Spielfilmen werden gerne die Pannen der Hauptfiguren gezeigt. Inzwischen ist diese Praxis selbst bei Animationsfilmen gang und gäbe. In Sachen Logik ist das natürlich Quatsch mit Soße, aber wenn die Soße schmeckt, wen interessiert da noch die Logik?

Seit der Geburt des Internets steht ein gigantischer Rivale den öffentlichen und privaten Sendern gegenüber. Laien und Profis kämpfen mit Videoclips um millionenfache Klicks (und dementsprechend um Schotter). Hinz und Kunz können mit Hilfe dieses Mediums zum Star mutieren. Nicht nur YouTube macht's möglich. Das Phänomen „Peinlich" erweist sich auf sämtlichen digitalen Plattformen als wahrer Goldesel. Die Liste der Esel (sorry, ich meine, der Internet-Sternchen) reicht allemal bis zur nächsten

Galaxie hinüber und ich muss gestehen, so manches gefällt mir richtig gut. Etwa Kesslers Knigge „10 Dinge, die sie nicht tun sollten", Anke Engelkes „Ladykracher" oder diverse Videoclips von Freshtorge. Darin geht es, neben peinlich, oftmals gnadenlos gesellschaftskritisch zu. Warum nicht? Wir alle lieben doch Kritik – solange es die anderen betrifft!

Fremdschämen kann Folgen haben

Sicher hast du im Laufe deines Lebens bemerkt, dass manche Menschen seltener beziehungsweise häufiger Scham empfinden und sich dementsprechend verhalten. Die einen kann nahezu nichts aus der Fassung bringen, die anderen schämen sich oft schon bei Kleinigkeiten. Das gilt nicht nur in Bezug auf die eigene Person, Familienangehörige und Freunde – sondern auch für Unbekannte. Letzteres ist uns unter dem Begriff „Fremdschämen" geläufig. Es braucht ein gewisses Maß an Feingefühl, um sich in andere hineinversetzen zu können. Du kennst das? Ich leider auch. Wieso leider, konterst du, empathische Eigenschaften zu besitzen ist doch sehr positiv und löblich. Okay wie war das noch mit dem moralisch hochgeschätzten Wert: Du sollst nicht lügen?

Gleichwohl, ohne die Fähigkeit des Fremdschämens wären viele Geschehnisse für uns belanglos und ein Großteil der Unterhaltungsindustrie absolut überflüssig (siehe Kapitel: Blamage ist geil, sogar öffentlich-rechtlich). Persönlich, könnte ein wenig mehr Distanz und Coolness allerdings von Vorteil sein. Diese Erkenntnis gewann ich während einer sich spontan ergebenen Peinlichkeit.

Wir sitzen im Varieté, voller Vorfreude auf atemberaubende Akrobatik und Jonglage. Ein gut aussehender junger Mann erscheint in rattenscharfem Silberglitter-Rot, um uns mit seiner Kunst zu verzaubern. Er beginnt mit unzähligen Bällen zu jonglieren. Kurz darauf wechselt er zu Kegeln, Reifen, kleinen Stühlen – das volle Programm. Am Ende zündet er seine Wurfkeulen an, woraufhin das gesamte Publikum gebannt in die Manege blickt. Da passiert es! Er greift daneben, sodass die brennenden Teile im Sand landen, wo sie kläglich ihr Leben auszischen. Der Jongleur lächelt tapfer, versucht es noch einmal und noch einmal und noch einmal. Es wird peinlicher und peinlicher und peinlicher. Ich leide mit ihm, als stünde ich selbst in der sandigen Mitte – begafft, ausgeliefert, mit rasendem Puls. Ich bekomme schon Aggressionen beim Gedanken daran, jemand könne den vom Pech verfolgten Künstler auslachen oder gar ausbuhen. Das Publikum wird unruhig. O weh, mein Magen krampft sich zusammen. Jetzt wird es gleich passieren, ich befürchte das Schlimmste!

Da! Ein rosa-beige karierter Yuppi stöhnt laut: *„O Gott, was ist denn das jetzt für eine Scheiße!"* Wie von der Tarantel gestochen schieße ich herum und empöre mich lautstark: *„Hey, das ist doch auch nur ein Mensch! Sei bloß still, du blasierter, herzloser..."* Da sehe ich, dass der Mann unter starkem Nasenbluten leidet. Es tropft zum Erbarmen. Sein hässliches Yuppi-Hemd ist schon ganz besudelt. Das hatte er also gemeint, na dann. Als ich schwungvoll ein Taschentuch für ihn zücke, fällt es mir aus der Hand. Meine leere Faust hängt in der Luft, zwei Millimeter vor der tropfenden Nase des bedauernswerten Menschen. Panisch wirft er sich nach links, reißt abwehrend seine Hände nach oben und starrt mich entsetzt an. Herrje, der dachte wohl, ich wolle ihn... Schon poltert der liebe Gatte neben mir genervt: *„Du hättest ihn doch nicht gleich schlagen müssen! Sieh doch,*

der arme Mann ist ganz verstört. Am Ende müssen wir
noch die Reinigung bezahlen!"

„Aber, ich habe doch gar nicht ...", stottere ich aufgebracht und werde rot, weil die Muttis und Papis
hinter mir so böse glotzen. Wieso muss ich auch
gleich die Beschützerin spielen? Offenbar leide ich unter
einem Helfersyndrom (wäre nicht untypisch für eine
Sozialpädagogin). Die Folgen des Fremdschämens sind
bitter, jetzt bin ich die Dumme und stinksauer! Vor
allem auf den Jongleur, der hätte die doofen Dinger ruhig
mal fangen können.

Kulturell geprägte Scham

Ruhm zu ernten und Kohle zu scheffeln, indem etwas
Peinliches der Öffentlichkeit präsentiert wird, das ist für
die eher konservativ orientierten Menschen bestimmter
Kulturen, selbst in modernen Zeiten, ein absolutes No-
Go! Sich zu blamieren, ergo „das Gesicht zu verlieren",
gilt bei einigen Völkern dieser Welt als das Schlimmste,
was einer anständigen Person passieren kann. Auch die
Unanständigen (vielleicht gerade die?) legen großen Wert
auf eine tadellose Außenwirkung.

Ob Spezies, die öffentlich „Striptease tanzen", von Natur aus extrem selbstbewusst, mutig und rebellisch sind oder eher exhibitionistisch veranlagt, publicity- und geldgeil, moralisch derangiert, wahnsinnig gar, das ist Ansichtssache. (Es soll sogar ehemalige Staatsoberhäupter geben, auf die das Letztere zutrifft.) Ich erzähle dir nichts Neues, wenn ich behaupte, dass Standpunkte extrem voneinander abweichen können. Manche von ihnen sind beweglich, andere sind so starr und verklemmt, als wären sie durch ein Paar überdimensionale Scheuklappen begrenzt.

Beim Thema „Peinlich" geht es immer um Grenzen. Im Kleinen wie im Großen. Sogar um Landesgrenzen. Meinen Beobachtungen zufolge erntet das, was Menschen in westeuropäischen Gefilden als peinlich oder provokant empfinden zumeist Gelächter, Kopfschütteln, einen Klatscher vor die Stirn und gut ist. Manchmal gibt es verbale Retourkutschen, humorvoll verpackt. In sozialen Netzwerken trauen sich das auch die weniger Witzigen. Es kann zu unflätigen Kommentaren bis hin zum Shitstorm und unschönen Drohungen kommen. Erfreulicherweise lässt sich das meistens mit gezieltem Blocken oder, falls nötig, mit einem Accountwechsel regeln. Abschalten hilft, nicht nur manuell. Cybermobbing, Gewalt implizierende Drohgebärden und tatsächliche physische Attacken stellen zum Glück (noch) die Ausnahme dar, vor allem beim Otto-Normal-Bürger. Bei Personen des öffentlichen Lebens geschieht es schon häufiger. Alle jedoch, welche sich bedroht fühlen bzw. werden, haben das Recht sich Hilfe zu holen, sich beraten zu lassen oder Anzeige zu erstatten. Die Unversehrtheit von Bürgerinnen und Bürgern besitzt Priorität.

In anderen Breitengraden können schon kleinere Schnitzer (große sowieso) katastrophale Folgen nach sich ziehen. Während das deutsche Kabarett sowie Presse, Rundfunk und Fernsehen nahezu sanktionsfrei die Regierung, ja sogar die eigenen Staatsoberhäupter vergackeiern dürfen (ich betone hier „die eigenen", da es in der Vergangenheit großen Ärger gab, als einer unserer Kabarettisten ein externes auf die Schippe nahm), würden die gleichen Berufsgruppen in anderen Lebenswelten locker ihren Job verlieren. Neben der Arbeit kann auch ein Verlust der Freiheit drohen, wenn nicht gar des Lebens. Sanktionen ohne Samthandschuhe sind möglich und leider oft genug bittere Realität. Immer wieder erfahren wir von Rache- und Räumungskommandos, welche nicht etwa die jeweiligen Akteurinnen und Akteure hopsnehmen, um sich mit ihnen gepflegt über politische oder persönliche Diskrepanzen auszutauschen. Wir hören von Überwachung, massiver Bedrohung, bewaffneten Einsätzen, Entführung, Verschwinden, Inhaftierung, sogar Folter und Eliminierung besagter Personen, manchmal sogar ihres gesamten beruflichen und privaten Umfelds. Freigeist und Witz, vor allen Dingen gepaart mit Selbst- bzw. mit Fremdkritik, musste und muss in der Menschheitsgeschichte nicht selten roher Gewalt und Allmachtwahn weichen. Allmachtgedanken und Über-sich-selbst-lachen-können schließen sich grundsätzlich gegenseitig aus.

Nahezu jede Nation (inklusive meiner eigenen) hatte schon mit Zeiten von Radikalisierung, Einschränkung, Unterdrückung und Leid zu kämpfen. Eine kulturelle Gesinnung kann sich über Generationen hinweg tief verankern und wie ein Wegweiser wirken. Manchmal allerdings auch wie eine Zwangsjacke, denn alle Kulturen bestehen aus Individuen, die sich nach ihren jeweiligen Wünschen und Bedürfnissen heraus entfalten möchten. Eine kritische Auseinandersetzung mit der nationalen sowie der internationalen Geschichte ist meiner Meinung nach für die eigene persönliche Reife unerlässlich.

Welche Leitbilder bestimmen mein Denken und Handeln, wie und wo würde ich gerne leben, was für ein Mensch will ich sein?

Habe ich den Anspruch an zukünftige Generationen etwas weiterzugeben? Falls ja, was und in welcher Form? Da ich Negativem gerne Positives gegenüberstelle, liegt es nahe, noch einmal den britischen Humor ins Feld zu führen. Es heißt, den Briten gelänge es auch im Alltag, brenzlige Situationen mit einem guten Schuss Witz zu meistern und so jederzeit ihr Gesicht bewahren zu können. Ich finde einen humorvollen Umgang mit Peinlichkeiten sehr beeindruckend und wahnsinnig sympathisch. Sollte dagegen eine andere Person in eine kompromittierende Lage geraten, sind die Briten Meister darin, diese höflich zu ignorieren oder ihr mit lässigem Understatement zu begegnen.

Während meiner beiden Auslandspraktika in England habe ich dieses Phänomen hautnah kennenlernen dürfen. Zuerst als Abiturientin im Chesterfield College of Technology and Arts, zwei Jahre später dann, im Rahmen meines Studiums zur Dipl.-Sozialpädagogin, in einem privat geführten Seniorenheim.

Es eröffnete sich mir jeweils nicht nur ein sehr spezieller, kulturell geprägter Aspekt, sondern darüber hinaus mein ureigenes peinliches Talent.

Gut gemeint, zum Affen gemacht

Eine regionale Honorität, die sich der Freundschaft meiner lieben Gastfamilie in Chesterfield erfreut, möchte mir netterweise einen Gefallen tun und lädt mich zu einem Tagesausflug ins altehrwürdige York ein. Zuerst ist der piekfeine Gentleman sehr steif und spricht kaum ein Wort. Das kann ja heiter werden, denke ich genervt, so eine bornierte Schlaftablette! Als er nach zwei Stunden Highlights abklappern verstohlen gähnt, frage ich: *„Are you boring?"* Der Mann bekommt riesige Augen und sperrt entsetzt seinen Mund auf. Da erkenne ich meinen Fauxpas und rufe erschrocken: *„Oh, I'm so sorry! I wanted to ask you if you were bored, but really not are you boring! Eieieiei!"* Das Eis ist gebrochen, er beginnt schallend zu lachen. Ab diesem Zeitpunkt verstehen wir uns prächtig und haben einen großartigen Tag in York.

Als weitaus unangenehmer erweist sich ein Malheur in einem privaten Seniorenheim in Chesterfield. Zwei Jahre nach der ersten Englandreise absolviere ich dort ein sechswöchiges Blockpraktikum im Zuge meines Sozialpädagogik-Studiums.

Eines schönen Morgens begleite ich eine pflegebedürftige Frau zur Toilette und vergesse sie dort. Zum Nachmittagstee fragt eine andere Heimbewohnerin ihre greise Tischnachbarin: *„Sweetheart, do you know where Catherine is?"* Das Sweetheart schaut mich an. Mir stehen die Haare zu Berge, panisch renne ich zur Damentoilette. Catherine geht es gut. Sie hat die Zeit der Einsamkeit kreativ genutzt und fleißig die Toilettenwände bemalt. (Glaube mir, du willst ganz bestimmt nicht wissen mit was ...!)

Ein andermal darf ich die neunundachtzigjährige Sarah mit dem Rollstuhl durch die Gegend schieben. Natürlich begebe ich mich mit der betagten Lady an die frische Luft – das soll schließlich sehr gesund sein. Die Seniorin zeigt sich von der Rundfahrt „very amused", bis wir zu einer Rampe kommen, die in den Garten hinausführt. Es geht steil bergab und ich finde die Bremse nicht. Der Rollstuhl saust mit Karacho in Richtung Blumenbeet, vorbei an mehreren, auf Gartenstühlen platzierten Bewohnerinnen, die ihr und mir – ich renne hinterher – begeistert nachjohlen und uns kräftig anfeuern. Es knallt fürchterlich! Sämtliche Pflegekräfte kommen herbeigeeilt, um die Verunglückte von einer schneeweißen Marmorstatue zu kratzen.

Ich versinke fast im Boden vor Scham. Zu ihrem (und zu meinem!) Glück ist die gute alte Lady hart im Nehmen und hat sich nur eine Beule eingefangen. Das dankbare Publikum biegt sich vor Lachen und noch Tage später kursieren die Missgeschicke der lustigen deutschen Praktikantin im Seniorenheim. Nicht wenige Bewohnerinnen und Bewohner brechen am Tage meiner Abreise in Tränen aus. Auch Sarah. Leider muss ich annehmen, dass es sich um Freudentränen handelt. Ich heule ebenfalls, weil mir das so peinlich ist.

Die letzten beiden Beispiele zeugen von guten Absichten, die an inkompetenten Ausführungen scheitern. Oder vielleicht sogar an einem besonders peinlichen Talent?

Wie auch immer, meine berufliche Karriere im sozialen Bereich hätte ein durchaus schnelles und fatales Ende finden können. Glücklicherweise passieren die Missgeschicke in England und fallen unter die Kategorie: saukomisch! Als mir die Geschäftsführung des britischen Seniorenheims wenig später ein 1a-Praktikumszeugnis schickt und ich es meiner Dozentin vorlege, hat sie sich fast totgelacht.

Das Erfolgsgeheimnis der Loser

Ein Hinweis vorab: Ich habe für dieses Kapitel die englischen Begriffe „Loser" und „Winner" ausgewählt, da ich somit im Hinblick auf Political Correctness nicht ständig Versagerinnen und Versager, Gewinnerinnen und Gewinner, Heldinnen und Helden verwenden muss. Statt „Winner" würde ich lieber „Hero" nehmen, doch für dieses Wort gibt es im Englischen auch die weibliche Form, die „Heroine". Was an sich höchst erfreulich ist, aber dennoch fürchterlich umständlich. Du verzeihst mir meine Bequemlichkeit? Sehr schön, jetzt kann ich loslegen!

Wenn Gefühle der Peinlichkeit so viele unterschiedliche Aktionen und Stimmungen auszulösen vermögen, stellt sich die Frage, worin begründet sich dennoch ihr Erfolg? Ihr Geheimnis? Ihr Zauber?

Ist es nicht so, dass alle Menschen Winner lieben? Homers Ilias und Odyssee sprengt es fast vor drahtigen Superstars. Diese antiquierten Stories werden heute noch aufgegriffen, zitiert, gelehrt, vertont, verfilmt. Doch auch modernere Supersternchen sind der Renner.

Marvel- und DC-Universum lassen grüßen! Sicher kennst du deren perfekt geratenen Figuren. Nein? Kein Fan? Nicht schlimm. Selbst Winner ohne Superkräfte umgibt der Hauch von Perfektion und Göttlichkeit. Ich sage nur Ethan Hunt – am Ende gewinnt er immer, so unmöglich die „Mission Impossible" auch scheint! (Bis jetzt, Teil 8 steht noch aus). Ethan ist fantastisch. Wie bitte? Das ist ebenfalls bloß eine Filmfigur? Du hättest gerne ein reales Beispiel? Kann ich dir leider nicht bieten. Aber falls du dem Schauspieler Tom Cruise zufällig einmal persönlich begegnen solltest, will ich dich sehen, ob du denkst: *„Ach der bloß ..."* oder *„OH MEIN GOTT – ER!!!"* Erzähl's mir ruhig, ich verrate es nicht weiter.

Schwärmereien hin oder her, faszinierend ist die Tatsache, dass du, ich und die breite Masse um uns herum, nicht nur großartige Winner lieben, sondern auch großartige Loser. Wie kommt das? Was könnte Menschen an Missgeschick, Chaos und Versagen begeistern? Wieso sollten wir unsere wertvolle Zeit damit vertrödeln, wenn Kompetenz, Perfektion und Sieg viel attraktiver erscheinen? Nun, mit Heldinnen und Helden, um wenigstens einmal die deutschen Begriffe zu bedienen, würden wir uns liebend gerne identifizieren, doch leider ist dies nur selten möglich. Mit sogenannten Losern dagegen schaffen wir das sofort. Nicht jeder Mensch erfährt in seinem Leben, was es heißt, ein Winner oder ein Star zu sein. Doch jeder Mensch weiß, wie es sich anfühlt, kein Star, kein Winner zu sein (ausgenommen den Stars und den Winnern natürlich). Etwas nicht in Perfektion zu beherrschen, sich für die Erfüllung persönlicher Ziele heftig abzustrampeln und dabei auch mal ins Fettnäpfchen zu tapsen, hierin sind wir alle erfahren. Die meisten von uns gehen im Laufe ihres Lebens unzählige Kompromisse ein und müssen hart dafür arbeiten, wenigstens ein Stück vom Glückskeks zu erwischen. Erfolg und Glück sind – wie schon erwähnt – launige und falls wir sie erhaschen kurzweilige, oft sehr zerbrechliche Zustände.

Aus diesem simplen Grund empfinden wir Winnern gegenüber nicht nur Respekt, Verehrung und Liebe, sondern auch Neid, Missgunst oder sogar Schadenfreude, wenn sie nicht ganz so erfolgreich sind wie üblich. Da klingelt etwas bei dir? Macht nichts, es braucht dir nicht peinlich zu sein. Dem Wohlwollen, der Gönnerhaftigkeit und der Bescheidenheit von uns Menschenkindern sind eben Grenzen gesetzt.

Das ist nicht schön, aber völlig normal und begründet sich keineswegs in einem grundsätzlich schlechten Charakter unserer Spezies. So etwas würde ich niemals behaupten! Ich bin sicher, wir alle können auf der Stelle eine herzensgute Oma, Freundin oder Nachbarin ausgraben (Verzeihung, das könnte jetzt falsch verstanden werden), natürlich auch männliche sowie weitere Geschlechtsidentitäten, welche dieser infamen Behauptung – der Mensch sei von Grund auf schlecht – jegliche Grundlage entzöge.

Es geht um Vertrautes. Uns, den normalen Menschen (falls du nicht normal sein solltest oder sein möchtest, bitte ich dich, diesen Teil einfach auszuklammern), sind Dauererfolg und Perfektion schlicht und ergreifend fremd. Von daher begeistern uns Situationen, seien sie real oder gestellt, in denen anderen ähnliche Missgeschicke passieren wie uns selbst. Es freut und erleichtert uns maßlos, dass wir nicht alleine auf der Stelle treten, es bei anderen sogar noch schlimmer kommen kann und sie stellvertretend alle unsere heimlichen Ängste durchleben (und meistens überstehen!). Hier fühlen wir uns wohl, da sind wir zuhause.

Lassen wir uns vor diesem Hintergrund ein Erlebnis aus Arbeitswelt und Karriere auf der Zunge zergehen. Wetten, auch du, wenn du an Dieters Stelle stündest, würdest den berühmtesten aller Wünsche äußern, der schamgeplagte Menschen automatisch überfällt: „Erde, bitte tu dich auf! Ich will versinken!" Das folgende Beispiel fällt unter die Kategorie: saublöd.

Dieter, ein Mann im besten Alter, möchte noch einmal das berufliche Ruder herumreißen. Eines Tages stößt er auf eine Stellenanzeige für Versicherungsakquise, schmeißt seinen seriösen Bürojob hin und wagt den Sprung. Sein gutes Aussehen, sein Witz und seine kommunikativen Fähigkeiten würden nun endlich zum Tragen kommen. So lautet der Plan! Kaum hat Dieter mit der Einsteigerschulung begonnen, beginnen ihn nachts Albträume zu plagen. Er träumt von ständigem Zuspätkommen, dass er bei Hausbesuchen Pantoffeln trägt, seine Unterlagen vergisst, seine Stimme versagt etc. Tapfer wehrt er sich gegen unterschwellige Panikattacken und kämpft sich fleißig durch die Schulung.

„Es wird schon schiefgehen", sagt seine Frau zu ihm und gibt ihm einen Kuss. Sie wusste nicht, wie recht sie damit haben würde …

Dieter ist so weit. Sein Vorgesetzter hat ihn gleich, aufgrund seines glänzenden Schulungsabschlusses, auf einen besonders großen Fisch angesetzt. Ein Police-Abschluss dieser Kategorie würde Dieter eine fette Provision einbringen, womit er stante pede sein sündhaft teures Outfit und die dreimonatige Verdienstlücke wettmachen könnte. Top ausgestattet und wie aus dem Ei gepellt klingelt der frischgebackene Außendienstvertreter bei seinem ersten Kunden. Es wird ihm aufgetan. Hochmotiviert streckt Dieter dem beeindruckend sportlich und intelligent wirkenden Herrn K. seine tadellos manikürte Rechte entgegen.

„Reinkommen", bellt der vielversprechende Kunde und übersieht geflissentlich Dieters Hand. *„Um 17 Uhr habe ich einen Termin im Golfclub, also bitte zack-zack! Daten, Fakten, Angebote!"*

„Jawohl!", antwortet Dieter automatisch und kann sich gerade noch beherrschen, nicht die Hacken zusammenzuknallen. *„Wo darf ich Ihnen ...?"*

„Hier, mein Gott," blafft Herr K. unfreundlich, *„das sieht man doch! Oder sind Sie Teppichverkäufer? Dann können Sie sich von mir aus auch auf dem Boden platzieren."*

Herr K. setzt sich und rückt seinen Stuhl geräuschvoll zur Tischkante. Etwas eingeschüchtert, aber dennoch hochkonzentriert, nimmt Dieter an dem fast vier Meter langen Ebenholztisch Platz. Schließlich gab es auch einen Schulungsblock über schwierige Kunden, das sollte zu schaffen sein.

„Ich habe Ihnen zwei fantastische Angebote mitgebracht, Herr K. ...," weiter kommt Dieter nicht. Plötzlich durchfahren stechende Schmerzen seine Eingeweide. Lautes Magengrummeln ertönt. Automatisch presst Dieter eine Hand auf seinen Unterleib und die Lippen fest zusammen.

„Oha, da steckt wohl ein Furz fest, was?", Herr K. lacht schallend. Dieter nimmt sich zusammen.

„Verzeihung! Ich möchte Ihnen nun gerne das erste Angebot unterbrei..." Eine weitere Schmerzwelle erfasst den armen Dieter. Er hält die Luft an, der Schweiß bricht ihm aus. Seine Albträume haben ihn eingeholt. Es scheint tatsächlich ein verklemmter Furz zu sein. Sein Magen gurgelt und gluckst zum Erbarmen. *„Es ist mir sehr unangenehm, aber darf ich Ihre Toilette benutzen?",* presst Dieter zwischen zusammengebissenen Zähnen hervor.

Herr K. schüttelt seinen markanten Kopf und deutet auf eine Tür, hinter der Dieter in Sekundenschnelle verschwindet. Ihm schwant, dass Herr K. ihn hören kann, doch kaum hat er seine Anzughose unten, schießt es aus ihm heraus, als hätte ihm jemand einen Einlauf verpasst. Dieter ist den Tränen nahe.

„Geht's bald mal weiter?", brüllt Herr K. von außen. *„Und ich will keine Bremsspuren vorfinden, bei der Ladung, die Sie eben da drin versenkt haben, klar?"*

„Selbstverständlich, sofort!", ruft Dieter, fasst sich und denkt, peinlicher kann es nicht mehr werden. Fehler – das darf man niemals denken! Denn da fällt sein Blick auf die leere Klopapierrolle ...

Fazit: Der Peinlich-Run

In unserem Alltag wollen wir peinliche Situationen tunlichst vermeiden. Niemand will sie live erleben, doch unglaublich viele Menschen erfreuen sich im Nachhinein daran. Es ist eine seltsam anmutende Eigenart, sich zuerst unsäglich für etwas zu schämen und zu hoffen, dass es niemals jemand erfährt, um bald darauf höchstpersönlich damit hausieren zu gehen. Je nach Reaktion des Publikums nicht bloß einmal, sondern immer wieder. *„Hey Maria, Olga, Sesen, Saskia, Elena"* oder *„Thomas, Ivan, Ali, Karl-Heinz, Paco"*, wie wir auch alle heißen mögen, *„erzähl doch diese krasse Geschichte nochmal, wie war das noch gleich ...?"*
Wer von uns kennt das nicht? Was sich in der Gegenwart furchtbar peinlich anfühlt, wird in der Zukunft salonfähig und höchst vergnüglich. Bei Feierlichkeiten entbrennt der Peinlich-Run besonders gerne. Wie eine Art Virus rollt eine Woge der Lust über alle Anwesenden hinweg. Der plötzliche Drang, hemmungslos in der Vergangenheit zu graben und dabei nicht das Brave, Reibungslose und Nette ans Tageslicht zu befördern, sondern das Unmoralische, Missglückte, Schräge und Peinliche.

Wir wollen es nicht nur hören, wir wollen auch selbst davon berichten, um uns genussvoll allen Anwesenden im Raum zu offenbaren. So geht es Karlas Freundin beim Geburtstagskaffee ihrer Schwester: *„Stellt euch bloß vor, was meine Kleine letzte Woche bei Karla gebracht hat ..."*

„Oh nein!", schreit die komplette Gesellschaft und der Spaß könnte nicht größer sein. Sämtliche Gäste wissen plötzlich Stories zu berichten, wie das Kind ihn oder sie in Verlegenheit gebracht hat, beziehungsweise wie es einst den eigenen Eltern mit ihnen erging. Ein Lachflash jagt den nächsten. Als ich bei der Praktikumsnachlese der Hochschule Darmstadt von meinen Desastern in England berichte, bleibt ebenfalls kein Auge trocken.

Selbst Dieters Zunge löst sich einige Tage nach dem Horror-Trip bei seinem noblen Kunden, als ihn während der Pokerrunde bei Freunden einer fragt, wie denn eigentlich sein erster Tag im Außendienst gewesen sei. *„Das wollt ihr nicht wissen"*, brummelt Dieter. Jetzt sind alle erst recht ganz Ohr! Er berichtet. Anfangs stockend, dann kommt Schwung in die Sache. Seine Freunde bekommen große Augen und staunen: *„Wirklich? Das ist dir passiert? Ach, du Scheiße!"*

„Ja genau, so kann man es nennen!" Dieter grinst und berichtet im Detail. Seine Freunde geraten fast in Atemnot vor Lachen.

Der Peinlich-Run tut ebenso gut, wenn nicht sogar besser als ein Telefonat mit der besten Freundin, dem besten Freund, die sonntägliche Beichte (falls die überhaupt noch praktiziert wird?) oder jegliche Art von Psychotherapie. Ich offenbare mich, verrate mich, stelle mich bloß! Alle sind begeistert, alle haben Verständnis (von Ausnahmen habe ich schon berichtet) und es tut so unfassbar gut, mit anderen zusammen herzlich über sich selbst lachen zu können – ein Phänomen!

Der positive Effekt des Peinlich-Runs lässt sich am ehesten mit dem einer Selbsthilfegruppe vergleichen. Ich stehe nicht allein mit der unliebsamen Erkenntnis, dass ich weder perfekt bin, noch ständige Kontrolle über die Geschehnisse des Lebens besitze. Ich fühle mich nicht länger absonderlich, denn viele andere sitzen mit in diesem Boot. Gemeinsam darüber lachen zu können, das funktioniert nicht bei allen (gedachten oder tatsächlichen) Mankos, die das Menschsein mit sich bringen kann.

Bei diesem einen jedoch schon. Das ist ein klarer Vorteil!

Ganz nach dem Motto: „Eine Bootsfahrt, die ist lustig, eine Bootsfahrt, die ist schön", heiße ich dich nun herzlich willkommen einzusteigen. Denn jetzt geht's ans Eingemachte. Ich gestehe alles und das sehr detailliert – okay, fast alles.

Aber ich bin felsenfest davon überzeugt, es wird dir genügen!

II. Teil Peinliche Kurzgeschichten

Kindheit und Jugend

Der Wäscheklammer-Igel

Warnung: Liebst du Tiere, wird dich diese Geschichte mit Sicherheit schockieren. Zu meiner Verteidigung kann ich bloß sagen, ich war damals ein kleines Mädchen zwischen vier und fünf Jahren und bin heute ebenfalls entsetzt über diesen peinlichen Vorfall.

Es ist langweilig. Niemand hat Zeit. Außerdem bin ich beleidigt wegen irgendeiner elterlichen Rüge, die mir (selbstverständlich) zu Unrecht widerfahren ist. Lustlos lungere ich in der Wohnung herum. Was soll ich bloß mit mir anfangen? Sämtliche Freundinnen sind unterwegs, Fernsehen am Mittag ist verboten, Handys, PCs und Spielkonsolen existieren noch nicht. Als Kind scheint die Zeit schier endlos zu sein! In der Küche gerät mir Strolchi ins Visier, der graugetigerte Kater meiner Schwester. Wie das brave Kerlchen friedlich sabbernd auf der Heizung liegt, macht mich neidisch. Wieso kann der glücklich herumfläzen, während ich fürchterlich leiden muss? Da fällt mein Blick auf Muttis großen Wäscheklammerkorb, den sie heute früh auf der Eckbank vergessen hat. Hm, die lustigen bunten Klämmerchen springen mir direkt ins Auge und inspirieren mich auf seltsame Weise. Mir wird ganz kribbelig und krabbelig zumute. Schlagartig verbessert sich meine Laune. Ob Strolchi etwas merken würde, wenn ich …? Schon angele ich mir ein blaues Klämmerchen heraus, lasse es einen Moment lang über dem nichtsahnenden Versuchsobjekt kreisen und stecke es vorsichtig ans flauschige Bauchfell des Katers. Gespannt halte ich den Atem an. Nichts, keine Reaktion. Es folgt ein gelbes Klämmerchen, ein grünes, ein rosarotes, ein weißes, ein naturbelassenes – immer noch nichts. Die Enttäuschung ist maßlos! Schwupps, fische ich mir weitere Klämmerchen aus dem Korb und bestücke das friedlich schnarchende Katerchen am Fell über den Rippen, den Beinen, an der Brust und am Schwanz. Ich kichere leise, denn Strolchi sieht wirklich lustig aus. Wie ein kunterbunter Wäscheklammer-Igel. Aber er verhält sich weiterhin so frustrierend ignorant, das fuchst mich. Das ist ja fast schon wieder langweilig! Unweigerlich muss ich an Michel von Lönneberga denken, Astrid Lindgrens berühmt berüchtigter Lausbub. Papa hat mir oft von seinen Streichen erzählt. Was hätte der wohl an meiner Stelle getan? Als ich so darüber nachsinne, zucken Kater Strolchis Ohren im Schlaf. Aha! Ein Zeichen des Schicksals?

Ich schnappe mir zwei Klammern, beuge mich über die puscheligen Katerohren und ziele konzentriert. Soll ich das wirklich tun? Engelchen und Teufelchen streiten. Teufelchen siegt.

Ein fürchterlicher Zornesschrei ertönt, sofort gewinnt das Engelchen wieder die Oberhand. Leider zu spät! Ich kann die Klammern nicht mehr entfernen. Strolchi springt senkrecht in die Luft und schießt wie ein Torpedo durch die Balkontür ins Grüne hinaus. Mich packt die kalte Angst vor der gerechten Eltern- und Geschwisterstrafe. Panisch rase ich hinterher, um den Flüchtenden zu fangen und schnellstmöglich von seiner Pein zu erlösen. Jedoch, Strolchi ist schneller! Mein guter Vater steht mit dem Spaten schippend im Garten, als der kunterbunte Wäscheklammer-Igel an ihm vorüberschießt. Ungläubig starrt er der seltsamen Erscheinung nach. Doch als kurz darauf seine kleine herzallerliebste Tochter „*ich war's net, ich war's net*"- schreiend vorbeizischt, lässt er den Spaten fallen und rennt hinterdrein. Während der Vater den völlig verstörten Kater vom Baum holt und sämtliche Klammern entfernt, bekommt Klein-Tanja von der Mutti den Hosenboden voll. Ihr könnt euch alle sicher sein, sie hat es nie wieder getan und schämt sich heute noch, wenn Muttern die Streiche ihrer Tochter zum Besten gibt.

Kurzer Zeitsprung: Heute wohne ich im eigenen Haus mit Mann, Mäusen und zwei Katern. Alle glücklich und zufrieden – selbst die Kater! Nur, als mein Göttergatte die besagte Geschichte von meiner Mutter zum ersten Mal vernimmt, beschließt er, unsere Wäscheklammern unter Verschluss zu halten und selbst die Wäsche auf- und abzuhängen. Ob mir das unangenehm oder gar peinlich ist?

Öhm, das mit dem Katerchen damals schon …!

Die unschuldige Diebin

Meine Mutter steht total darauf, wie so viele andere Frauen auch, ab und an die Wohnung zu renovieren und Möbel umzustellen. Noch besser gefällt es ihr, neue anzuschaffen. Es ist wieder einmal so weit. Wir fahren ins nächste Möbelhaus und Mutti stöbert sich begeistert durch sämtliche Etagen. Da sich eine Sechsjährige allerdings eher für Süßigkeiten als für Möbel interessiert, stehe ich mit riesengroßen Augen an

der Information und giere nach den vielen bunten
Bonbons, die dort in einem Einmachglas stecken.
„Magst du eins haben?", bietet mir eine nette
Angestellte an, in der Hoffnung, meine Stielaugen
wieder aus dem Glas herauszubekommen. Ich nicke so
stürmisch, dass mir die Locken um die Ohren fliegen
und bekomme das Begehrte. Lecker! Da ich wie
festgewachsen stehen bleibe, bietet mir die Frau noch
eins an und noch eins. *„Jetzt ist es aber gut!"*, meint
sie schließlich und schiebt das Glas weg. Ich ziehe
eine Schnute. Woher will die wissen, wann es bei mir
gut ist?

„Frau M., kommen Sie bitte mal?", ruft ein Kollege aus
der Küchenabteilung. Frau M. eilt von dannen. Die gute
Kinderstube kämpft gegen Lust, Gier und Trotz. Eins
gegen drei, klar wer verliert. Ich ziehe die Stielaugen
aus dem Bonbonglas heraus und stecke eines meiner
Patschehändchen ganz tief hinein. Am Boden gibt es
Schokolade, wäre doch gelacht! Da höre ich den
Küchenverkäufer flöten: *„Vielen Dank, liebste Kollegin,
bis später"*, was mir sagt, dass Frau M. sich auf dem
Rückweg befindet. Als ich die Hand aus dem Glas
ziehen will, steckt sie fest.

„Hallo Süße, ich bin fertig", höre ich Mutti von der Rolltreppe aus rufen. Hilfe, ich bin umzingelt! Was tun? Ich drehe meinen Arm auf den Rücken, an dessen Ende das Bonbonglas baumelt.

„Können wir gehen?", frage ich hektisch, als Mutti Anstalten macht, sich noch im Parterre umzusehen. Mein Tonfall erregt ihre Aufmerksamkeit.

„Hast du was ausgefressen? Oder hat dir jemand etwas getan?"

„Nein, nein, nein, ich will nur heim!", schnaufe ich und zerre sie einhändig zum Ausgang. Erst auf dem Parkplatz bemerkt sie das Malheur, lacht herzhaft, befreit meine Hand und bringt das Glas zurück.

Zwei Jahre später begleite ich meine Mutter wieder ins Möbelhaus. Wir müssen natürlich an meinen Schabernack denken und lassen die Geschichte Revue passieren. *„Heute sind Bonbons verboten"*, feixt Mutti und ich verbitte mir jegliche böse Absicht. Da sie diesmal Betten ausprobiert, vertreibe ich mir die Zeit mit den originell bedruckten, kunterbunten Regenschirmen, die eine Künstlerin in der Nippes-Abteilung anbietet. Auf und zu, zu und auf – ein feines Spiel für eine Achtjährige! Die Regenschirm-Künstlerin ist wenig angetan von meinem lustigen Treiben und bittet mich, die Schirme wieder hinzuhängen. Ich sage ihr, dass ich eines ihrer tollen Kunstwerke kaufen möchte. Sie freut sich und hilft mir bei der Auswahl. Ich müsse an der Kasse am Ausgang bezahlen, unterweist sie mich freundlich. Dort treffe ich meine Mutter, die mir begeistert von einem unglaublich bequemen Bett berichtet, dass sie sich am Wochenende liefern lassen möchte. Wir gehen zum Auto. Während der Heimfahrt fragt sie mich, was das ist. Ich verstehe nicht, was sie meint, als ich den Schirm in meiner Hand sehe. Ups! *„Das gibt's doch nicht!"* Meine Mutter verdreht die Augen, legt den Rückwärtsgang ein und bringt den Schirm zurück.

Wieder zwei Jahre später braucht Mutti einen neuen Schrank. Auf der Fahrt ins Möbelhaus werde ich dringend ermahnt, mit dezentem Hinweis auf die letzten beiden Male, diesmal ja nichts anzufassen.

„Das war doch beide Male nicht für extra!"

„Trotzdem!"

„Außerdem war ich da noch ein Baby", schmollt die Zehnjährige, *„jetzt bin ich erwachsen!"*

„Trotzdem!", sagt die Frau Mama streng – und Punkt.

Als wir bei den Kleiderschränken angelangen, fällt ihr auf, dass sie das Stockmaß zuhause vergessen hat. *„Kein Problem, bitte nehmen Sie doch meins"*, flötet ein achtsamer Verkäufer strahlend wie ein Weihnachtsbaum. Meine Mutter ist eine schöne Frau, nichts Ungewöhnliches also, dass ihr jemand um den Bart streicht. (Natürlich nur sinngemäß, sie besitzt nicht mal einen Damenbart.) Mutti schaut, misst und wählt einen weißen Schrank mit Silbergriffen aus. Als die Bestellung aufgegeben ist und wir wieder im Auto sitzen, bemerke ich das Stockmaß in meiner Hand. Das darf doch nicht wahr sein! *„Warte, nicht losfahren, mein Gurt klemmt in der Tür"*, rufe ich und reiße die Beifahrertür kräftig auf und zu. Zack, liegt das Corpus Delicti draußen. *„Na? Heute nichts mitgehen lassen?"*, fragt Mutti süffisant und will losfahren. *„Nö, was denkst du denn von mir?"* Da klopft es an die Scheibe. Ich kurbele sie herunter. Ein älterer Mann reicht mir lächelnd das Stockmaß. *„Bitte schön, das ist dir eben rausgefallen."*

Verbotene Früchte in Paris

Seit Wochen freue ich mich wie irre auf die Klassenfahrt nach Paris. Unser Französisch-Lehrer hat uns im Filmsaal der Schule „Der Glöckner von Notre-Dame" vorgeführt und ich habe mir zuhause mehrere Versionen von „Die drei Musketiere" reingezogen. Mantel- und Degenfilme sind zwar ‚old school', aber wahnsinnig romantisch! Hormongeflutete Sechzehnjährige können sich ihrer rosaroten Gefühle ohnehin kaum erwehren und die Stadt der Liebe ist ein Versprechen per se. Es ist so weit. Endlich sind wir in Paris und kommen aus dem Staunen nicht mehr heraus. Ein solches Flair, eine solche Schönheit, so viel Esprit, Musik und Kunst schlägt uns aus dieser weltberühmten Metropole entgegen, dass wir ehrfürchtig schweigen. Ungefähr eine Sekunde lang. Dann überfallen wir unseren Französisch-Lehrer mit tausend Fragen, bis ihm der Lockenkopf schwirrt und er uns eilig an den Guide de la ville eines vorgebuchten Touri-Boots auf der Seine weiterreicht. So weit, so gut. Hätte es sich um einen schnuckeligen jungen Franzosen gehandelt, würden wir Mädels ziemlich sicher „Hurra" geschrien haben.

Aber Pustekuchen! Es nimmt uns ein gefühlt hundertjähriger, furchtbar grimmig dreinschauender Opa in Empfang. Das Schlimmste daran ist, dass er bloß in seiner Landessprache spricht. Unser Lehrer gesteht, es extra so bestellt zu haben, weil wir ja schließlich die

Französisch-Klasse sind. Er erntet ein Motzkonzert, das sich gewaschen hat! Großväterchen spricht so schnell, dass wir kein Wort verstehen und scheint daran eine beträchtliche Freude zu haben. Unser Lehrer hat die Biege gemacht. Die Sehenswürdigkeiten sind wirklich toll, aber wir fühlen uns verarscht – von unserem Lehrer und vom Guide. Am Boots-Kiosk wartet der nächste Schock auf uns. Die Preise für Getränke, Speisen und Snacks sind so gepfeffert, dass uns jeglicher Appetit im Halse stecken bleibt. Da die Jugend bekanntlich dauerhungrig ist, knurren unsere Mägen bald bedrohlich, die Stimmung ist endgültig im Keller. Nach der Bootsrundfahrt werden wir zur Stadterkundung in Kleingruppen aufgeteilt. Für kurze Zeit vergessen wir unser Malheur. Jessy und ich stürzen enthusiastisch von einem Modegeschäft ins nächste, um uns einen romantischen Fummel zu kaufen – und fallen jedes Mal rückwärts wieder heraus. Sämtliche Pariser Kleider scheinen entweder bei 200 Grad gekocht und eingelaufen zu sein oder mit falschen Etiketten bestückt. Allesamt sind viel zu kurz und viel zu eng. Die ausnahmslos gertenschlanken Verkäuferinnen beäugen uns kritisch.

„Ist das peinlich", flüstert Jessy frustriert, mir geht es um keinen Deut besser. Wir beide fühlen uns wie zwei

Flusspferde im Barbiepuppenhaus. Dafür sind die Preise XXL. *„Ich kann nicht mehr, lass uns was essen gehen"*, stöhnt Jessy und zerrt mich in Richtung Mc Doof. *„Bist du bescheuert? Ich werde mir in Paris doch kein Fast Food reinziehen! Wir gehen ins Restaurant."* *„Und wer ist nun bescheuert?"*, fragt Jessy zynisch. Fassungslos studieren wir diverse Speisekarten. Acht Euro für eine Cola, neunzehn Euro für ein halbes Hähnchen oder Würstchen mit Pommes, ein Beilagen-Salat elf Euro, Suppen kosten zwischen zwölf und zwanzig Euro. (Einfachheitshalber verwende ich die aktuelle Währung, damals mussten wir noch Franc in D-Mark umrechnen.) Die Menüs verstehen wir nicht, aber sie sind ohnehin unerschwinglich.

Wir geben auf und kaufen uns jeweils – teuer genug – ein kleines Baguette mit Käse und Schinken. Die Mägen knurren immer noch. Jeglicher Sinn für Romantik ist uns inzwischen flöten gegangen, obwohl einige süße Kerlchen mit uns anzubandeln versuchen. Als wir fragen, ob sie uns zum Essen einladen, schütteln sie heftig ihre Föhnfrisuren. Nö – kein Wunder! Wir jagen sie zum Teufel. Wir wollen kein Testosteron, wir wollen was zu futtern! *„Mc Doof?"*, probiert es Jessy noch einmal. *„Nein, vergiss es!"* Ich bin verzweifelt, aber fest entschlossen.

"Fast Food bekommt man überall. Ich will in Paris fein essen, so wie es sich für diese Stadt gehört!"
"Seit wann kümmert dich, was sich gehört?", staunt meine Freundin. *"Drehst du jetzt durch?"* Einer tollwütigen Hündin gleich knurre ich: *"Ach, halt doch die Klappe!"*

Muffelig latschen wir durch die prachtvollen Straßen, welche uns plötzlich total langweilig erscheinen, grau und hässlich. Treffpunkt mit der Gruppe am späten Nachmittag wurde vor der berühmten Sacré-Cœur de Montmartre festgelegt. Wir beschließen jetzt schon hinzugehen. Furchtbares Heimweh plagt uns. Weniger nach den lieben Eltern, vielmehr nach den prall gefüllten Kühlschränken, die zuhause auf uns warten.

Nachdem wir den berühmten Pariser Berg erklommen haben, schnaufen wir wie Dampfmaschinen und platzieren uns schmollend auf einer der Mauern. Es ist wunderschön hier, zweifellos! Die Kirche und die Aussicht auf die Stadt, der absolute Hammer! Die Aussicht auf sechs bunt belegte, dünne Pizzen, über die sich eine mehrköpfige Familie neben uns hermacht, ist wiederum grässlich frustrierend. *"Pizza hätten wir auch haben können. Aber du, Madame Etepetete, willst ja unbedingt Gourmet spielen!"*, motzt Jessy.

Ihre Nerven sind inzwischen etwas angeknackst. Ich kontere: *„Schau dir die Teile doch an, so mikroskopisch kleine Pizzen habe ich im ganzen Leben noch nicht gesehen. Wie können die Franzosen das bloß verknusen? Entweder sind hier alle stinkreich und kaufen die im Großpack ein oder sie sind sehr genügsam. Ich bin weder das eine noch das andere. Ich werde hier verhungern, ich weiß es!"* Mir kommen die Tränen, Jessy auch. Wir liegen uns in den Armen und heulen, was das Zeug hält.

„Habt ihr eure Tage, oder was?" Ein Junge löst sich aus einer der vielen Menschentrauben heraus und deutet mit dem Finger auf uns. Er lacht gehässig, seine Freunde stimmen grölend mit ein. Eine Schulklasse aus Deutschland, genau wie wir.

„Ich knall ihm eine!" Jessy springt auf und schiebt ihre Ärmel zurück. Sie geht seit zwei Jahren zum Kick-Boxen, das kann heiter werden! Mitten in der Bewegung stoppt sie ab. Mehrere blankpolierte Luxus-Limousinen halten auf dem Platz vor der Kirche. Schwarz gekleidetes Security-Personal drängt den bunten Touri-Brei beiseite. *„Gibt es in Paris Filmfest-*

spiele? Dachte, nur in Cannes", frage ich Jessy. Sie weiß es auch nicht. Irgendwie weiß die nie was. Unfassbar elegante, superschlanke Menschen entsteigen den Luxusschlitten, umarmen einander herzlich und geben gepflegt Dauerküsschen. Sie tragen pompöse Blumensträuße und aufwendig verpackte Geschenke mit sich. Aha! Keine Filmfestspiele, alles deutet auf eine Feierlichkeit hin. Rechts der Basilika Sacré-Cœur de Montmartre befindet sich ein eingezäunter Garten, der uns wegen des ganzen Trubels bisher nicht aufgefallen ist. Neugierig recken wir die Hälse. Unsere Augen orten meterlange Tafeln bestückt mit weißen Tischdecken, Blumengebinden, riesigen Windlichtern und edlem Porzellangeschirr. Vorwitzige Sonnenstrahlen prasseln auf verheißungsvolle Thermo-Behälter herab. Die scheinen uns zu rufen! Wie in Zeitlupe stehe ich auf, greife nach Jessys Hand und laufe mit ihr über den Platz.

„He, was ist denn los? Wo willst du hin?"

„Ein Wunder ist geschehen! Dort gibt es Essen!"

„Aber wir sind nicht eingeladen."

„Das ist mir schnurzegal. Ich habe Hunger!"

Ich fühle mich wie in Trance, dankbar, glücklich, voller hemmungsloser Vorfreude. Das Schicksal scheint uns mit einem Male äußerst gnädig gestimmt. Aus unerfindlichen Gründen lassen uns die beiden monumentalen Türsteher, welche sich links und rechts neben dem gusseisernen Eingangstor positioniert haben, passieren. Alle Gäste, die zu was auch immer geladen sind, tragen sündhaft teure Kleidung. Das Mannsvolk steckt in todschicken Designer- oder Maßanzügen. Die Damen schweben in traumhaft eleganten Cocktailkleidern umher, welche durch farblich passende Schuhe, wagenradgroße Sonnenhüte, edle Seidentücher und Handschuhe ihre modische Vollendung finden. *„Lass uns bloß die Kurve kratzen! Die zeigen uns an! Schau doch, das muss der Hofstaat des französischen Königs sein!"* Eingeschüchtert sieht sich Jessy um, kaut an ihren Fingernägeln und bekommt ordentlich Muffensausen. In Geschichte hat sie wohl nicht aufgepasst, aber ich checke sofort, was sie meint. Panisch deutet sie auf ihre klobigen Turnschuhe, ihre farblich wild gestreifte Schlabberhose und den billigen, halb zerfledderten Rucksack. Ich bin zwar etwas flotter unterwegs, doch kann ich keinen laschen Zentimeter mit der französischen Crème de la Crème mithalten. Das Tor beginnt sich zu schließen und meine Augen rasen gierig über das filmreife Büffet hinweg. Unzählige leckere

Vorspeisen, Hauptspeisen und Dessertvariationen – ein wahres Schlaraffenland! Es duftet himmlisch, mir läuft das Wasser im Mund zusammen! Ein Geistlicher besteigt lächelnd ein Podest, greift sich das bereitstehende Mikro und beginnt mit einer salbungsvollen Rede. Natürlich auf Französisch. An bestimmten Satzstellen (ich schwöre, das müssen die vorher geübt haben), antworten alle Gäste inbrünstig und einstimmig wie ein gregorianischer Kirchenchor. Alle, außer wir. Jessy und ich beginnen negativ aufzufallen. Verstohlene bis offen brüskierte Blicke streifen uns von oben bis unten. Ich schubse meine Freundin in die Seite und zische: *„Los, mitmachen!"*

„Waaas? Wie denn? Ich kapier doch gar nicht, was die labern! Vergiss es, ich kann nicht, ich kann nicht!"

„Doch, du kannst! Denk ans Büffet! Betrachte es und du wirst in Sekundenschnelle aller Sprachen dieser Welt mächtig sein!"

„Wieso redest du plötzlich so geschwollen? Scheiße, du machst ernst, oder?"

Jessy ist leichenblass, doch als ich versuche einzusteigen, zieht sie tapfer nach. Ein gutes halbes Jahr Theater-AG entfaltet seine Wirkung. Die Show beginnt uns Spaß zu machen. Nach fünf Minuten schmettern wir mit, was das Zeug hält. Nur als Pantomime, doch es funktioniert. Nun werden wir von allen Seiten freundlich angelächelt und siehe da, wir gehören dazu. Es ist toll! Noch toller wird es, als der Pfarrer endlich das Büffet einläutet. Wir stürzen uns darauf wie die Geier aufs Aas. Zugegeben, das ist ein schlechter Vergleich. Aber auch eine Pâté de foie gras, Crevetten oder ein saftiges Entrecôte sind letztlich nichts anderes als Aas. Nein? Egal, so denkt jedenfalls die Jugend und mampft sich fleißig durch. *„Mc Doof scholl sisch insch Knie ficken!"*, nuschelt Jessy verzückt und schiebt sich ein weiteres Stück Trüffel-Lende in den Schlund, danach drei honiggetränkte Ziegenkäsebällchen. Sie trinkt sogar ein Glas Rotwein, mitten am Tag. Völlig schnuppe! Wir haben in unserem Leben niemals besser gegessen. Zum krönenden Abschluss gibt es einen guten Kaffee, untermalt von zuckersüßem Dessert. Wir starten bei einer göttlichen Mousse au chocolat und arbeiteten uns zu sterneträchtigen Creme-Törtchen durch. Da hören wir plötzlich unsere Namen rufen, laut und zornig! Einige Klassenkameradinnen und Klassenkameraden stehen draußen am Zaun und glotzen wie die Ölgötzen. Wir grinsen überheblich, reiben genüsslich unsere prallvollen Bäuche und winken wild, mit seidenen Stoffservietten. Eine bezaubernde ältere Dame spricht uns an und siehe da, wir können sie verstehen und sind sogar zu Antworten fähig. Hurra! Laut und deutlich lobt sie unsere Courage, sich einfach so bei wildfremden Leuten einzuschleichen und derart herzhaft zu bedienen. Sie hätte sich das als junges Mädchen niemals getraut, schon gar nicht in der Fremde. Wir hören auf zu schaufeln und starren sie an. Das ist jetzt wirklich megapeinlich! *„Sie wissen es?"*, frage ich verschämt. Mein letzter Löffel Marsala-Erdbeercreme klebt mir wie Tapetenkleister im Hals.

„Fuck, die weiß es?" Jessy schlägt sich eine Hand vor den Mund und reißt ihre veilchenblauen Augen auf. Die Dame zwinkert uns schelmisch zu und flüstert: *„Alle wissen es!"* Wow, wie bitte? Erschrocken schauen wir uns um und blicken in dutzende zwinkernde, schmunzelnde Gesichter. Schlagartig fühlen wir uns pappsatt. Wir stellen unsere benutzten Teller ordentlich auf den dafür vorgesehenen Tisch und verneigen uns verschämt nach allen Seiten.

„Merci beaucoup et au revoir!", quetsche ich heraus, dann legen wir den Rückwärtsgang ein. Alle schauen uns nach. Die Security-Monster mustern uns kritisch und versperren gnadenlos den Ausgang.

Der eine zückt sein Funkgerät. Jetzt bekommen wir es mit der Angst zu tun! Falls wir für die Unmengen an Haute Cuisine, welche wir vertilgten, nun die Zeche zu zahlen haben, muss der Lehrer uns zur Botschaft schleusen und einen Kredit beantragen. Unsere Eltern werden uns killen. Doch die entzückende ältere Dame ruft den Securities etwas zu und uns wird aufgetan.

„Mann, das war knapp!", sagt Jessy und muss rülpsen. *„Fast hätte ich mir in die Hose gemacht."*

„Wem sagst du das! Meinst du, sie haben es wirklich alle gewusst?"

„Das glaube ich nicht, die hätten uns doch sofort rausgeschmissen."

Ich schaue über die Schulter und da steht sie, die Pariser High Society, und winkt uns zum Abschied freundlich hinterher. Hast du Töne? Ich winke zurück und augenblicklich finde ich diese Stadt nicht nur wunderschön, sondern geradezu himmlisch, einzigartig, atemberaubend!

„Sagt mal, spinnt ihr? Was habt ihr denn da drin gemacht?", keift uns unser Lehrer mit hochrotem Kopf entgegen. *„Getafelt"*, sage ich lässig. Die knatschigen Gesichter vom Rest unserer Französisch-Klasse lassen mein Adrenalin in ungeahnte Höhen schnellen.

Jessy streckt ihnen die Zunge raus und frotzelt: *„Ätsch, bätsch! Wir gehören jetzt zum Hofstaat des französischen Königs und ihr nicht, echt geil ey!"*
Der Lehrer findet das gar nicht geil. Er kreischt herum, wie beschämend unser Schmarotzertum ist, dass er uns eine grottenschlechte Note reindonnern wird und obendrein noch den Eltern Bescheid stecken will. Alter Stinkstiefel! Da entdecke ich die Mc Doof-Tüte in seiner Rechten und stoße Jessy grinsend in die Seite.
„So, so, Fast Food in Paris? Das hat doch überhaupt keinen Stil. Da haben Sie sich ja schön blamiert und deswegen sind Sie so sauer auf uns, stimmt's?", urteilt Jessy gnadenlos. Als ich den Lehrer erblassen sehe, bin ich furchtbar stolz auf sie und muss zugeben, manchmal weiß sie doch was!

Ein verhängnisvoller Cocktail

Das „Hanseatic" in Darmstadt-Eberstadt besticht durch einen konzeptionellen Mix aus modernem Club und traditionellem (Gesellschafts-)Tanzlokal. Solotänzer und -tänzerinnen kommen dort genauso auf ihre Kosten wie Pärchen, welche ihre absolvierten Tanzschulkurse in

74

die Praxis umsetzen möchten. DJs bringen aktuelle Charts-Titel, dazwischen immer wieder Standard- und Latin-Musik. Milena, eine sehr liebe Freundin meiner großen Schwester, hat mir einen Hanseatic-Gutschein zum Geburtstag geschenkt. Sie weiß, wie gerne ich ausgehe, um das Tanzbein zu schwingen. Ich bin ganz aus dem Häuschen. Da ich gerade einmal sechszehn Lenze zähle, schenkt mir Milena ihre seriöse Begleitung gleich mit dazu. Meine Schwester steckt mitten in Prüfungsvorbereitungen und muss uns darum alleine ziehen lassen. Die Gute nimmt mich ins Gebet, sämtliche Anweisungen zu befolgen und ihre Freundin ja nicht zu blamieren. *„Ich doch nicht!"*, motze ich empört. Immer diese Unkerei.

„So oft, wie ich dich schon mitgenommen habe, sorge ich mich um Milena. Es endet nicht immer lustig mit dir."

„Finde ich schon!"

„Du vielleicht, andere aber nicht. Also beherrsch dich, bitte. Ein Rätsel, wieso sie sich das freiwillig antut."

„Sie ist halt nett."

„Ach, ich etwa nicht?"

„Doch natürlich, liebes Schwesterherz!"

Leider hat sie recht, ab und an stifte ich ziemlich heftiges Chaos. Also verspreche ich alles, damit sie Milena den gemeinsamen Clubbesuch nicht am Ende noch ausreden will.

Zum Glück funktioniert meine Taktik. An einem lauen Samstagabend werde ich mit dem Auto abgeholt und es hält mich vor lauter Vorfreude kaum auf dem Sitz.

„Jetzt bleib mal cool, nachher kannst du zappeln, so viel du willst“, sagt Milena lachend und steckt sich eine ins Gesicht. Professionell geschminkt (meine Mama ist derzeit als Kosmetikerin tätig), sehe ich mindestens wie achtzehn aus. Am Einlass gibt es kein Problem. Wir suchen uns einen schönen Zweier-Tisch und checken erstmal die Lage.

Der Laden ist erst halbvoll und auf der bunt beleuchteten Tanzfläche genug Platz, um richtig Gas zu geben. Super! Milena bestellt für uns beide Getränke, doch schon bevor der Barkeeper sie fertig hat, werden wir aktiv. Strahlend tanzen wir uns die Seele aus dem Leib, zuerst Solo, später auch als Paar. Milena ist sehr Foxtrott-firm, nicht so hervorragend wie meine große Schwester, aber wirklich gut. Kurz darauf wird sie von einem netten älteren Schlipsträger zum Walzer tanzen aufgefordert. Ich schlürfe meinen alkoholfreien Cocktail (musste meiner Mama hoch und heilig versprechen ja keinen Alkohol zu trinken) und bin beleidigt. Wieso wird Milena geholt und ich nicht? Gelangweilt lehne ich mich zurück und lasse meinen Blick über die Tische schweifen. Alles Paare, so ein Pech aber auch. Ob sie zusammen sind oder bloß freundschaftlich miteinander verbunden, erkenne ich relativ schnell. Trotzdem mir so manches Lächeln entgegenfliegt, will offenbar keiner seine Begleitung alleine sitzen lassen. Ist das der Abend der anständigen Männer oder was, denke ich genervt. Die sind doch sonst nicht so, eher im Gegenteil. Na schön, es ist ja nicht verboten, einen Mann zum Tanzen aufzufordern, oder?

Entschlossen stehe ich auf und steuere den großen Brünetten an Tisch Nummer fünf an. Er ist zwar eindeutig liiert, aber ein ganz besonders talentierter Tänzer, wie ich längst beobachtet habe. Seine Freundin erkennt die anrollende Gefahr sofort, springt auf und bugsiert ihren hübschen Schatz auf die Tanzfläche.

Da stehe ich nun blöd im Gang herum, wie bestellt und nicht abgeholt. Milena ist außer Sicht, wahrscheinlich draußen, eine rauchen.

„Darf ich bitten, schönes Mädchen?", tönt hinter mir eine tiefe männliche Stimme. *„Aber ja!"*, rufe ich begeistert. Meine Begeisterung hält an, bis ich ihn sehe. Er ist mit einer außergewöhnlich kräftigen Bass-Stimme ausgestattet, reicht mir aber maximal bis zur Brust. Mist, ich musste ja unbedingt Muttis gigantisch hohe, smaragdgrüne Pumps ausleihen. Die passen so hübsch zu meinem smaragdgrünen Kleid. Da meine Mutter zwei Nummern größer braucht, trage ich Einlagen. Sie hat mich noch gewarnt, zum Tanzen lieber gut sitzende Riemchenschuhe anziehen, aber ich wollte ja nicht hören. Mutti ist ebenfalls eine leidenschaftliche Tänzerin und erzählt uns immer wieder, dass sie niemals einen Tanzpartner abgelehnt hat, obwohl sie früher bei ihr Schlange standen. Bei mir steht heute Abend niemand Schlange und ich will den kleinen Mann auf keinen Fall verletzen. Milena ist immer noch nicht in Sicht. Also lasse ich mich von ihm aufs Parkett führen und wir legen los. Zum Glück bin ich nicht arrogant gewesen, dieser Zwerg tanzt wie ein junger Gott.

Zuerst blickt die Begleitung des attraktiven Brünetten abfällig und schadenfroh zu uns herüber, jetzt glotzt sie wie ein hypnotisiertes Kälbchen neidisch aus der Wäsche. Ihr Lover betrachtet sich das Ganze höchst interessiert und zwinkert mir prompt zu. Das hat sie sich nun selbst eingebrockt. Bevor sie gaffte, hatte er nur sie im Blick. Andere Tänzer werden ebenfalls aufmerksam und am Ende der Runde bekommen wir sogar Applaus. Milena steht am Rand der Tanzfläche und gibt mir Zeichen, dass ich ruhig weitertanzen könne, sie weist in Richtung Bar.

„Der nächste Tanz gehört uns", raunt mir ein blondes, äußerst sportlich wirkendes Schnittchen ins Ohr. Konsequent führt es seine Begleitung an den Tisch, eilt zurück und reicht mir die Hände. Aha, jetzt flutschts, denke ich fröhlich und verabschiede mich artig vom Ersten. Der Blonde ist offensichtlich schwer entflammt, will nach wenigen Sekunden gleich meine Telefonnummer einheimsen.

„Langsam mit den jungen Gäulen", trällere ich amüsiert. Nicht nur die Schuhe, auch diesen Spruch habe ich von meiner lieben Frau Mama. *„Ich will erst sehen, ob du es überhaupt draufhast."* Das lässt sich mein Verehrer nicht zweimal sagen und legt sich mächtig ins Zeug. Milena kehrt mit zwei Getränken zu unserem Tisch zurück und hält grinsend den Daumen hoch. Sie freut sich für mich, dass ich so viel Spaß habe. Finde ich wirklich lieb von ihr. Der DJ spielt einen Jive, dabei wird bekanntlich fleißig gekickt. Bedauerlicherweise

ist das bei zwei Nummern zu großen Pumps alles andere als empfehlenswert. Ich kicke wie eine Weltmeisterin und mein rechter Schuh fliegt in hohem Bogen davon – leider nicht nur er! Die durchgeschwitzte Einlage ebenfalls. Natürlich landet sie in Milenas Piña Colada, was nicht sehr appetitlich ist. Schreiend springt sie auf und wirft dabei ihr Glas um. Der fast noch volle Cocktail spritzt ihr wie ein Farbeimer über die schicken schwarzen Satinhosen, was es auch nicht besser macht. Schon höre ich meine Schwester im Geiste schimpfen: *„Habe ich dir nicht gesagt, dass du dich benehmen sollst?"*

Ich stürze entsetzt zu der armen Milena hin, die natürlich sofort gehen will, bis ein wirklich gut aussehender Kellner ihre Hose mit einem Handtuch abreibt. Schon kann sie wieder lächeln und ich hoffe, wir bleiben noch. Da steckt mir mein blonder Adonis, vor aller Augen, die versiffte Einlage ins Gesicht und fragt angewidert, ob das etwa meine sei. Dummerweise macht der DJ gerade eine Pause. Alle hören Blondies Worte und sehen das eklige Ding in all seiner Pracht.

Da geht es mit mir durch! Ich schnappe mir das Teil, schlage es ihm rechts und links um die Ohren!

So hätte es sich zutragen können. Stattdessen wimmere ich: *„Bitte lass uns gehen, Milena"*, und kann gerade noch meine Tränen zurückhalten. Kurz darauf muss das Hanseatic schließen. In der Zeitung steht, Gäste hätten in letzter Zeit die seltsamsten Dinge in ihren Cocktails gefunden ...

Frau Sattler, sofort ins Personalbüro!

„Wenn du teure Klamotten willst, musst du dir das erarbeiten und wenn du ohne uns in Urlaub fahren möchtest ebenfalls. "
Spricht die Mutter, wenn die siebzehnjährige Tochter mit Extrawürsten daherkommt. Pragmatisch wie sie ist, hört sie sich sofort um und hat ihrem Kind im Handumdrehen einen Ferienjob besorgt. Eine ihrer Bekannten arbeitet bei Wella Professionals in der Geschäftsstelle Darmstadt-Weiterstadt. Sie bietet mir freundlicherweise an, mich mit dem Auto drei Wochen lang mitzunehmen. Falls ich dort genommen werden würde. Für das Bewerbungsgespräch malträtiere ich fleißig mein (damals noch) langes, blondes Lockenhaar

mit einem Toupierkamm, bis mir aus dem Spiegel eine waschechte Löwenmähne entgegenlacht. Vielleicht brauche ich gar nicht ans Fließband, sondern sie entdecken mich als Model und ich werde berühmt? Dann wären Geld und exotische Reisen sowieso gebongt. Mama wird Bauklötze staunen, denke ich und fühle mich sehr gewitzt dabei. Leider verläuft das Vorstellungsgespräch bei dem Weltunternehmen völlig unspektakulär. Meine Motivation, die bis dato erfolgte Schulbildung sowie meine Ferienzeiten werden erfragt. Es folgen Terminfestlegung, Datenaufnahme, Unterschrift für den Aushilfsvertrag – fertig ist der Lack! Habt ihr denn keine Augen im Kopf? Seht ihr nicht mein Starpotential? Soll meine Lockenpracht etwa am Fließband versauern, schreit meine innere Stimme den Mitarbeiter an. Offensichtlich ja. Enttäuscht verlasse ich das Personalbüro und sehe noch ein Dutzend andere Mädels vor der Tür warten. Alle hübsch geschminkt und mit auffällig gestylter Frisur. Bin wohl nicht die Einzige, die auf gewisse Ideen kommt, muss ich einsehen. Was zwar sehr ernüchternd ist, aber eine echte Lektion vom Leben darstellt, die Bodenhaftung zu behalten. Ich habe meinen Ferienjob zeitlich an den Anfang gelegt, um es möglichst bald hinter mich zu bringen. Danach winkt ein toller Urlaub am Lago Maggiore und der Côte d'Azur. Diese schönen Aussichten halten das verkannte Haar-Model aufrecht.

Pünktlich (dank Weckservice meiner braven Eltern und der besagten Mitfahrgelegenheit) finde ich mich am ersten Arbeitstag zur Einweisung am Fließband ein. Ich erhalte Gummihandschuhe, ein Cuttermesser und etliche gute Ratschläge. Hinter mir stehen zehn Steigen voller Waren, die jeweils mit ziemlich langen Produkt-Nummern versehen sind. Vor mir befindet sich das Fließband, auf dem mit Lieferzetteln bestückte Plastikkörbe heranschippern. Meine Aufgabe ist es, die angeforderte Ware korrekt zusammenzusuchen und in die Körbe zu legen. Hört sich einfach an? Von wegen! Eine Mitarbeiterin läuft an meinem Band vorbei, ihr Kopf wandert in Dauerschleife von links nach rechts, von links nach rechts, von links nach rechts. Au Backe, sehe ich nach drei Wochen etwa auch so aus? Jetzt bekomme ich es mit der Angst zu tun. Derweil stauen sich die Körbe und eine Stimme tönt aus einem Lautsprecher an der Decke:

„Band Nummer 26, bitte Stau auflösen!"

„Das bist du!", ruft ein Hilfsarbeiter von gegenüber.

„Ich bin übrigens der Ali."

„Danke, ich bin die Tanja!", antworte ich gequält und versuche mein Bestes, das Chaos vor mir zu entzerren. Ich renne mit dem Zettel an den Steigen entlang und suche hektisch die angeforderten Produkte heraus. Vor, zurück, hin und her. Meine Güte, wieso müssen die Nummern nur so lang sein? Wo war das Spray noch mal? Wo die Handtücher? Verdammt! Bis der erste Korb voll ist, das dauert ewig! Mittlerweile wird es eng, die Plastikkörbe stauen sich bis zum Band 25 zurück. Ali kann nicht weitermachen. *„Band Nummer 26, Stau auflösen!"*, trompetet es erneut.

„Tut mir leid!", kreische ich und wusele wie verrückt umher.

„Kein Problem, das geht am Anfang jedem so", versucht mich mein netter Kollege zu beruhigen. *„Morgen ist es schon besser, weißt du?"*

Ich weiß gar nichts. Morgen bin ich tot, wenn das so weitergeht, denke ich verzweifelt. Doch der gute Ali soll recht behalten. Bald habe ich die Produktnummern intus und weiß genau, wo was steht. Am nächsten Tag geht es tatsächlich viel flotter, es beginnt mir sogar Spaß zu machen. Ali sieht mich gekonnt mit der Ware jonglieren, lächelt und hebt den Daumen in die Höhe. Am zweiten Tag in Folge gibt es nur noch selten Stau. Ich kann mich zwischen dem Körbefüllen sogar ein bisschen unterhalten. Ali arbeitet seit einigen Jahren hier, ist recht zufrieden mit dieser Tätigkeit. Nach und nach klinken sich auch andere Fließbandkollegen in unser Gespräch ein. Charles zum Beispiel. Er kommt aus den Staaten und schwärmt von der Frankfurter Clubszene, vor allem vom Funkadelic. Das ist ein angesagter R&B-Club, in den ich super gern zum Abtanzen gehe. Charles zeigt mir einen coolen Move, den er seinem afroamerikanischen Hip-Hop-Lehrer abgeguckt hat und ich versuche gleich, ihn nachzumachen. Dabei knalle ich an einen der Körbe. Die hineinsortierte Ware fliegt wie Kraut und Rüben durch die Gegend. Ali und Charles helfen beim Aufsammeln. Auch ein junger Mann, der mir eine neue Steige anliefert, beteiligt sich höchst engagiert. Wir vier bekommen einen furchtbaren Lachflash und aus dem Lautsprecher schallt es aufgebracht:

„Band Nummer 24, 25 und 26 SOFORT an die Arbeitsplätze zurück!"

Wir flitzen los und lösen rasch den mittlerweile eingetretenen Warenkorb-Stau auf. Nach einiger Zeit wird es in der Halle furchtbar heiß. Die Klimaanlage scheint defekt. Alle Fließbandarbeiter und -arbeiterinnen bekommen aus der Kantine eine extra Flasche Wasser gebracht, was ich wirklich sehr aufmerksam finde.

85

Trotzdem ist die Hitze bald unerträglich, wir zerfließen fast. Ich schneide mir mit dem Messer einen Fächer aus einem Verpackungskarton zurecht und beginne wild herumzuwedeln. *„Sieht gut aus!"*, ruft Ali grinsend. Das animiert mich, richtig Gas zu geben und die anderen, sich ebenfalls Fächer auszuschneiden. Bald fächert, tanzt und kichert es in der gesamten Halle. Charles dreht sein Radio laut. Partystimmung!

„An alle Mitarbeiter: Sofort an die Arbeit zurück! Stau auflösen!", donnert es aus dem Lautsprecher heraus. Der junge Mann kommt erneut mit einer Ameise angefahren. Auf seinem Hubwagen stapeln sich die Produkte. *„Ihr seid hier in Verzug. Gib acht, dass du keinen Ärger bekommst"*, warnt er mich. Nichtsdestotrotz bleibt das hübsche Kerlchen lässig bei mir stehen und wir flirten ein bisschen. Inzwischen stauen sich wieder einmal meine Plastikkörbe, aber das ist ja nebensächlich. Schließlich sind wir nur einmal jung, oder? Aus dem Lautsprecher brüllt es: *„Band Nummer 26, bitte sofort ins Personalbüro!"* Eine langjährige Mitarbeiterin löst mich vorwurfsvollen Blickes ab. Gesenkten Hauptes trotte ich in den Bürotrakt hinüber. Dort werde ich freundlich, aber bestimmt darauf hingewiesen, mit

meinen Sperenzchen den gesamten Betrieb aufzuhalten. Es steht zu befürchten, dass die Côte d'Azur baden geht. Mit süßem Unschuldslächeln gelobe ich hoch und heilig Besserung. Sie glauben mir kein Wort, versetzen mich eiskalt in die Kommissionsabteilung. Dort sollen gepackte Körbe geleert, Bestell-Listen gründlich gecheckt, die Ware in Kartons verpackt und auf Steigen gestapelt werden. Danach muss ich die Kartonberge mit einer Ameise zum Einschweißen fahren, um sie anschließend zu den Laderampen zu verfrachten. Dort stehen die LKWs bereit.

„Na gut, dann mache ich eben das", sage ich voll motiviert und stürze mich mit Eifer in die neue Arbeit. Diese Tätigkeit macht bedeutend mehr Spaß als die doofe Körbepackerei. Und auch hier gibt es Leute, welche gerne mit einer jungen Aushilfskraft ein Pläuschen halten. Meine Witze kommen bei den Arbeitern gut an, besonders die Deftigen. Es dauert nicht lange, da wabert fröhliches Wiehern und Gejohle durch die Halle. Auch einige Fernfahrer gesellen sich zu uns. Sie stopfen mich mit Cola, Sandwiches, Bratwurst und Bonbons voll, sozusagen als Gage für das tolle Entertainment. Arbeiten kann echt Spaß machen, finde ich. Scherzend fahre ich die akribisch kontrollierte Ware

zur riesengroßen Einschweißmaschine. Plötzlich beginnt die Alarmglocke zu leuchten und zu gellen, der Lärm ist ohrenbetäubend! Alles rennt wild durcheinander. Ein Vorarbeiter kommt mit hochroten Wangen und schweißiger Stirn herbeigeeilt, schlägt die Hände über dem Kopf zusammen.

„Ist Feuer ausgebrochen? ", frage ich den Kollegen neben mir erschrocken.

„Nein, du hast die Maschine gekillt! "

„ICH HABE WAS??? "

Sämtliche Blicke sind nach oben gerichtet. Nicht nur die Steige mit den Warenkartons hängt zum Einschweißen unter der Decke, auch der Hubwagen. Ich habe vor lauter Quatschen und Flirten vergessen die Ameise rauszufahren, bevor ich das Monster-Gerät in Gang setzte. Die Hebevorrichtung der Einschweißmaschine ächzt und stöhnt unter dem unzulässigen Gewicht, Plastikbahnen fliegen wild im Kreis herum. Das Gesamtkunstwerk à la „Modern-Art" droht abzukippen. *„Achtung, Leute! "*, schreit der Vorarbeiter. Aus dem Lautsprecher hallt es mit Donnerstimme:

„Frau Sattler, bitte sofort ins Personalbüro! "

Lust ist gefährlich

Kennst du das, wenn es unbedingt sofort sein muss? Gleich und hier? Du glühst und brennst und es zerreißt dich vor Verlangen? Nein? Das tut mir leid! Nicht, weil du möglicherweise etwas verpasst hast in deinem Leben, sondern weil du die folgende Geschichte kaum nachvollziehen kannst. Du darfst diese Anekdote deshalb ruhig überspringen. Aber das wirst du nicht tun, stimmt's?

Wir sind frisch verliebt und brennen unentwegt. Kaum haben wir die Eltern begrüßt und das Mindestmaß an Smalltalk abgespult, verziehen wir uns ins Schlafzimmer. Bei Spaziergängen kommen wir üblicherweise nicht weit und müssen uns entweder in die Büsche schlagen, in Seen springen, auf Türme klettern oder ganz klassisch, mit dem Auto querfeldein fahren. Meistens gehen die Aktionen gut und wir haben sehr viel Spaß.

Der Spaß kann allerdings auch mutieren, bedeutet, in kleineren oder größeren Katastrophen enden. Zum Beispiel als unser liebes Auto im Acker stecken bleibt und wir Dreck triefend, bei strömendem Regen, die Reifen frei schaufeln müssen. Da die blöden Teile trotzdem durchdrehen, versuchen wir aus herumliegenden Brettern einen einigermaßen griffigen Untergrund zu basteln, nur um beim anschließenden Anfahren und Schieben knietief im Acker zu versinken. Das Resultat ist ein zerfetzter Seidenrock und auf immer verschüttet gegangene, teure Designer-Pumps. Gekrönt wird die Aktion durch einen brüllenden, schaufelschwingenden Bauern, dessen Feld wir verwüstet haben und der das gar nicht sexy findet. Du hast sicher Verständnis dafür, dass ich den wörtlichen Inhalt seines Brüllens an dieser Stelle zensiere. Möglicherweise würdest du feuerrot anlaufen und den Eindruck gewinnen, dass spontanes Ausleben sexueller Leidenschaft nicht lohnenswert ist. Das fände ich sehr schade! Wir sind weder unmoralisch noch pervers. Wir können in unserer wilden Verliebtheit bloß nicht abwarten, das ist alles.

Richtig schief geht es ein andermal, als uns nach einem Mitternachtsimbiss in der Küche die Lust überfällt und wir es nicht schaffen, die drei Meter bis ins Zimmer zurückzulaufen. So eine Arbeitsplatte hat ja auch etwas für sich – und wie lustig das Geschirr dabei scheppert! Ich dachte, die Eltern seien längst im Bett oder vor der Glotze eingeschlafen, als der gute Papa plötzlich die Küchentür öffnet. Geistesgegenwärtig stoße ich meinen Freund zu Boden, hechte an die Tür und werfe mich mit Karacho dagegen. Dabei schreie ich: *„Bleib draußen, bleib draußen!"* Der arme Vater heult: *„Mein Daumen, mein Daumen"*, welcher blöderweise zwischen Tür und Türrahmen festklemmt. Marc hat sich inzwischen wieder aufgerappelt und hüpft wie ein Känguru an mir vorbei ins Schlafzimmer. Unterwegs stöhnt er: *„Ich habe es noch gesagt! Habe ich es nicht gesagt? Ich habe es dir gesagt!"* Dann knallt er auf die Nase. Am nächsten Morgen hat Papa einen dicken Daumen und der Loverboy einen Zinken wie Cyrano de Bergerac.

Jetzt kommt die Krönung – aufgepasst! „Hänsel und Gretel verliefen sich im Wald …", das kennen wir aus Grimms Märchen. Auch in der realen Welt kann so etwas passieren. Ein schöner Spaziergang beflügelt Marc und mich, aus altbekannten Gründen, ein stilles Plätzchen aufzusuchen. Wer sich auf einem gut ausgeschilderten Wanderpfad verirrt, ist entweder dumm oder hat kein Handy dabei. Wir gehören zur ersten Kategorie, da es zu diesem vorsintflutlichen Zeitpunkt noch keine Handys gibt. Ergo, keine Notrufmöglichkeit, kein GPS zur Ortung, nichts, außer dem guten alten Organ namens „Hirn", welches tatsächlich auch ohne Hightech-Unterstützung von Nutzen sein kann. Wenn das zum Denken notwendige Blut jedoch nicht den Denkapparat, sondern, aus aktuellem Anlass heraus, andere Körperregionen flutet, nimmt das Schicksal eben seinen Lauf. *„Wo sind wir?"*, fragt Marc irritiert, nachdem wir sternschnuppengleich durch den Himmel gezischt und fünf Minuten später wieder auf dem Boden der Tatsachen gelandet sind. *„Irgendwo, weit ab vom Schuss!"*, orakele ich und kann mir ein anzügliches Zwinkern nicht verkneifen. Mein Freund ignoriert das, stiert auf die Wanderkarte und lamentiert: *„Schöne Bescherung! Da steht, man soll keinesfalls vom vorgegebenen Wanderweg abweichen."* Ich packe seinen Arm und setze mich mit ihm zusammen in Bewegung. *„Das steht doch immer da. Wir sind doch nicht blöde, lass uns einfach zurücklaufen."* Nebel zieht auf. Es ist wie verhext! Fröstelnd tasten wir uns durchs Gestrüpp.

„Alles nur, weil du wieder nicht abwarten konntest", beginnt Marc zu schimpfen und stolpert fluchend über eine monstergroße Baumwurzel. *„Ruhig Blut"*, versuche ich ihn zu beruhigen. *„Sicher finden wir gleich*

den Weg." Der Wetterfrosch hat für heute Sonne angezeigt, doch nun fängt es zu regnen an. So stark, dass der Waldboden im Nu einem glitschigen Kuhfladen gleicht. Unsicher will ich die Hand meines Liebsten ergreifen, als er von jetzt auf gleich Fahrt aufnimmt und an mir vorbei den Abhang hinab pest. Marc ist dermaßen schnell, dass er mit Sicherheit eine Goldmedaille gewinnen könnte, würde es sich um eine qualifizierte Sportart handeln. Nun ist er fort, mein süßer Schatz, und ward nicht mehr gesehen. Irgendwo schreit es kläglich. Wo, kann ich nicht orten. Außerdem bin ich etwas abgelenkt, da es in nächster Nähe verdächtig zu knacken beginnt. Nur weg hier, denke ich und schlitterte tapfer in die Richtung, in der ich mir den Parkplatz mit unserem Auto erhoffe. Plötzlich stößt mich etwas unglaublich Großes, Propperes zur Seite, um eine Sekunde später, hysterisch quiekend, ebenfalls den Hang hinab zu rasen.

„Schatz, pass auf! Du bekommst Gesellschaft!", rufe ich hinterher und habe in wenigen Sekunden zwei äußerst interessante Dinge gelernt. Wildschweine besitzen keinen Ringelschwanz und Wetterfrösche lügen wie gedruckt. Ich seufze und krabbele auf allen vieren weiter, da ich ohnehin aussehen muss, wie das

Sumpfmonster bei „Shaun das Schaf" und weder der Wildsau – ich hoffe, dies klingt nicht allzu herzlos – noch meinem Loverboy nachfolgen möchte. Dank dieser primitiv anmutenden Fortbewegungsart, entdecke ich linkerseits, unter einem riesigen weißen Pilz, ein mir bekanntes Stück Kaugummipapier. Hat Marc das vorhin etwa einfach so, ohne jegliche Rücksicht auf Natur und Umwelt, in der Pampa entsorgt? Das wäre ja total unmöglich! Allerdings vermag ich nun die richtige Richtung einzuschlagen. Wieder etwas dazu gelernt: Alles Schlechte hat sein Gutes. Mitten in die bedeutsame Betrachtung der Dinge vertieft treffe ich auf ein Paar Lederstiefel mit Inhalt. Der Förster hat mich nicht gesucht, aber gefunden. Ich grunze vor Erleichterung. *„Alles in Ordnung?"*, fragt mein Retter verblüfft.

„Na klar! Die Eicheln schmecken großartig in diesem Jahr!"

Mit hochgezogenen Augenbrauen zieht er mich senkrecht. *„Sie haben sich wohl verlaufen?"*

„Treffer, versenkt!", zolle ich seiner Kombinationsgabe Respekt und staune, dass er nicht fragt, ob ich unter Drogen stehe. *„Könnten sie mir vielleicht den Weg zum Parkplatz weisen?"*, bitte ich lieb, was er zwar bejaht, aber mit einer deftigen Standpauke vergütet.

Egal, ich bin überglücklich, bald darauf wieder im Auto zu sitzen und heim ins Trockene fahren zu können. Das Dumme ist bloß, vor lauter Glück habe ich völlig meinen Freund vergessen.

Flotter Otto im Kino

Achtung: Diese Geschichte ist nur für Hardcore-Gemüter bestimmt! Falls du in einem medizinischen oder pflegerischen Beruf arbeitest oder in der Bio-Müllentsorgung, kein Problem. Falls du auf Fäkalien stehen solltest (es gibt ja bekanntlich nichts, was es nicht gibt), ist es auch kein Problem. Ansonsten – wie bitte? Geht schon klar, meinst du? Du bist ja nicht aus Zucker? Na gut, lies ruhig, wenn du es nicht lassen kannst. Ich habe dich gewarnt!

Hattest du schon mal ein ganz dringendes, existentielles Bedürfnis? So dringend, dass es schmerzt und dir fast den Hintern sprengt? Verzeihung, ich will nicht unflätig sein, doch wenn du ehrlich bist, musst du es zugeben. Du bist ein Mensch, ich bin ein Mensch und

Menschen müssen nun mal „na, du weißt schon." Eine gut funktionierende Verdauung ist wichtig, dies wussten selbst unsere Vorfahren. Das Timing sollte allerdings stimmen. Bei mir stimmte es leider ganz und gar nicht.

Ein lauer Samstagabend. Meine Freundin Anna und ich schlendern plaudernd durch die wunderschöne Altstadt von Heidelberg. Erst wollen wir nett miteinander essen gehen, danach ins Kino. Tolle Idee – dachte ich! Von dem Film habe ich leider nicht viel mitbekommen, aber ich möchte nicht vorgreifen. Anna und ich kennen uns seit der Kindheit, allerlei Gemeinsamkeiten bereichern diese Freundschaft. Zum Beispiel lieben wir beide mediterranes Essen. Also kehren wir bei einem trendigen Italiener ein, bei dem ich unbedingt ein mir fremdes Gericht kosten muss. Scharf, cremig, lecker! Dass die italienische Mafia gefährlich ist, weiß jedes Kind. Doch dass dies auch für italienische Soßen gelten kann, war mir bis dato völlig unbekannt.

Gut gesättigt und voller Vorfreude sitzen wir zwei Stunden später im großen Kinosaal von … ähm, räusper, den Namen des Kinos verschweige ich lieber! Um uns herum befinden sich lauter hemmungslos knutschende, ineinander verschlungene Pärchen, die offenbar weder an der Werbung noch am Film interessiert sind. Anna und ich knutschen nicht, stattdessen werfen wir uns fröhlich Popcorn und Nachos in den Schlund. Leider harmonieren diese Leckereien nur bedingt mit der italienischen Supersoße. Zehn Minuten nach Filmstart beginnt mein Magen zu rumoren, fiese Blähungen reißen heftig am Gedärm. Hätten wir lieber geknutscht, statt querbeet rumzufuttern. Es sticht und brodelt zum Erbarmen. Zuerst versuche ich, den unfeinen biochemischen Prozess zurückzuhalten, doch keine Chance! Hierin sind wir Menschen nach wie vor Primaten. Die Natur ruft und wir müssen uns fügen, ob wir wollen oder nicht.

„Ui", Anna rümpft die Nase und schielt vorwurfsvoll zu mir hinüber.

„T'schuldigung", flüstere ich peinlich berührt, spüre aber prompt die nächste Krampfwelle anrollen. Die droht nicht nur stinkig zu werden, sondern auch noch feucht. *„Sorry, ich muss mal"*, raune ich Anna zu, um just, in einem Affenzahn, in Richtung Ausgang zu spurten. Sieben mit roten Vorhängen verhängte Türen stehen mir zur Auswahl. Sieben!!! Um Himmels willen, welche führt bitte zum Foyer zurück? Dort hatte ich

Toiletten gesehen. Welcher Ausgang ist der richtige? Keine Ahnung! Gleich geschieht ein Unglück, das spüre ich ganz genau. Ein Königreich fürs Thrönchen! Mir bricht der Schweiß aus, der Puls rast. Einjede dieser Türen müsste doch eigentlich ins Freie hinaus führen, kombiniere ich, darüber blinken Notausgangslichter. Ich nehme die erste Tür links und renne etliche Stufen hinab, bis zu einem weit offenstehenden Raum. Hoffnungsvoll schaue ich hinein. Verdammt! Niemand da, den ich fragen kann. Die Filmtechnik rattert und blinkt einsam vor sich hin. Ich hetzte weiter und bete das komischste Gebet meines Lebens: „Lieber Gott, bitte ein Klo! Bitte ein Klo! Bitte ein Klo!"

Ich renne, bete, krampfe, renne, bete, krampfe, bis ich schließlich an eine verschlossene Glastür knalle. Sackgasse, Ende Gelände! Draußen sitzen entspannt schwatzende, Wein und Bier konsumierende, glückliche Menschen an hübschen runden Bistrotischen. Mein Plan ist, aus dem Notausgang hinaus- und zum Kinoeingang wieder hineinzulaufen. Mit Sicherheit finde ich dort den Ort meiner Sehnsucht. Brutal rüttele ich an der Türlinke. Die rührt sich nicht. Hey, was ist das denn für ein beschissener Notausgang? Wenn es nun brennen würde? Die fliehenden Massen hätten sich hier gegenseitig zu Brei gequetscht – aber egal! Im Moment quetschen sich andere, sehr unfein gärende Massen zu einem ganz speziellen Notausgang. Die fröhliche Gesellschaft draußen glotzt irritiert, wie ich da so scheinbar ohne Grund an der Türklinke reiße. Hilfe! Mama! Verzweifelt drehe ich ab, springe die Stufen wieder hinauf und will zurück zum Filmsaal laufen, um eine andere Tür zu probieren. Doch da ist es so weit. Fertig, aus! Mein werter Schließmuskel kündigt mir die Freundschaft. Ich drücke mich in die Ecke, reiße meine Handtasche auf und schwöre – bei allem was mir heilig ist – fast hätte ich hineinge... Da erblicke ich die weiße H&M-Tüte, reiße sie heraus, Hose runter, hingesetzt und: „Aaaaah!" Ein Gefühl wie Weihnachten und Ostern zugleich! Zum Glück habe ich beim Sommerschlussverkauf kräftig zugelangt, denn die Tüte fasst offensichtlich mehrere Liter. Hey, stopp!!! Verziehst du etwa dein Gesicht? Dabei habe ich dich extra vorher gewarnt, richtig? Falls ich recht haben sollte, bitte verrate mir, was du an meiner Stelle getan hättest. Vielleicht ja doch genau dasselbe?

Um dich zu beruhigen, es geht noch einigermaßen glimpflich und hygienisch weiter. Wie das?

Glücklicherweise lacht mir eine kleine Wasserflasche entgegen, die ich am Morgen eingesteckt habe. Dazu ein Päckchen Taschentücher, zwei Parfümpröbchen und siehe da – hurra! Die improvisierte Hygienestation funktioniert! Ich versehe die schwabbelige Tüte mit einem ordentlichen Knoten und lasse sie in der Ecke liegen. Was sagst du? Das kann ich nicht machen? Okay, würdest du das Corpus Delicti etwa in den Kinosaal mitnehmen? Und was, wenn Anna nach dem Inhalt der Tüte fragen sollte? Vielleicht hast du anders geartete Freundinnen, aber meine Anna ist ein äußerst anständiges Mädchen. Sie würde mich nie mehr mit ins Kino nehmen – das kann ich nicht riskieren!

Sind wir doch mal ehrlich. Hätten diese Kino-Freaks vorschriftsmäßig den Notausgang offengelassen, wäre ich in der glücklichen Lage gewesen, das vorschriftsmäßige Örtchen aufzusuchen. Stimmt's?

So, jetzt haben sie eben den Salat oder besser, die Supersoße!

Studentenzeit

Der stotternde Doktor

Nachdem ich schon fast ein Jahr in Darmstadt wohne und studiere, erscheint es sinnvoll, mir dort einen Hausarzt zu suchen. In letzter Zeit drückt es mich unangenehm im Hals und manchmal bekomme ich Herzrasen – einfach so. Eine besorgte Kommilitonin empfiehlt mir die Gemeinschaftspraxis von Doktor Mett & Doktor Wurst (richtig geraten, das sind Pseudonyme), ganz in der Nähe unseres Fachbereichs. Ich bin begeistert, die Räumlichkeiten sind pikobello und das Team funktioniert tadellos. Bald sitze ich dem jungen Doktor Mett gegenüber und erkläre ihm mein Problem. Er nickt voller Verständnis.

„Das könnte die Schilddrüse sein. Wir müssen Blut abnehmen und eine Sonografie terminieren. Haben Sie heute schon gefrühstückt?", fragt er freundlich.

„Wollen Sie etwa mit mir frühstücken gehen?", frage ich verblüfft zurück.

„Aber nein", sagt der Arzt lachend, *„wegen des Blutabnehmens. Nüchtern sind die Werte korrekter."*

„Also nüchtern bin ich um diese Uhrzeit normalerweise immer, Sie etwa nicht?"

Was denkt denn der, dass ich am frühen Morgen schon saufe? Doktor Mett scheint Gedanken lesen zu können. Er grinst noch breiter als zuvor und findet seine neue Patientin offensichtlich sehr amüsant. Höchstpersönlich geleitet er mich ins Labor.

„Ich übernehme", verkündet er und scheucht die dort befindliche Mitarbeiterin mit einer lässigen Handbewegung hinaus.

„Ich hoffe, Sie können das auch gut?", gebe ich kritisch zu bedenken.

„Na hören Sie mal, ich bin der Arzt", spricht's und macht ein beleidigtes Gesicht.

„Ja, eben. Ärzte machen das doch nicht so oft, die Medizinischen Fachangestellten haben darin viel mehr Routine, oder etwa nicht?"

„Ah, ich verstehe, gar nicht so dumm."

„Sehe ich etwa so aus?"

„Ganz und gar nicht. Aber, ich kann Sie beruhigen. Ich bin gut!"

Die drei letzten Wörter betont er ganz seltsam. Dabei schaut er mir so eindringlich in die Augen, dass mein Magen zu kribbeln beginnt. Au Backe!

„Am Freitag sind die Ergebnisse da, bitte lassen Sie sich vorne einen Gesprächstermin geben. Und gleich auch für den Ultraschall. Bis dann, ich freue mich! Au...au...auf Wie...Wie...Wiedersehen!"

Huch, der stottert ja, der arme Mann. Als ich mir von der jungen Dame an der Rezeption den Termin geben lasse, zucken ihre Mundwinkel verräterisch. Wie unsensibel! Ärzte sind halt auch bloß Männer! Da muss sie doch Verständnis haben.

Freitags falle ich aus dem Bett. Bis in die Nacht hinein habe ich an einer Hausarbeit geschrieben und nun ist es schon wieder früh am Morgen. Viel zu früh und viel zu spät! Ungeduscht springe ich in Jeans und Rolli vom Vortag. Im Eilschritt bewältige ich den kurzen Weg durch die Stadt zur Arztpraxis und stürze sogleich zum Kaffeeautomaten. Die mir bekannte Medizinische Fachangestellte stößt ihrer Kollegin den Ellenbogen in die Seite. Beide blicken zu mir und kichern, was das Zeug hält. Was die wohl gebissen hat, die albernen Giggelweiber? Die Tür von Sprechzimmer 1 steht sperrangelweit offen. Darin sehe ich Doktor Mett am Schreibtisch sitzen, er telefoniert. Wunderbar flüssig, in einwandfreiem Deutsch. Geht doch! Wahrscheinlich habe ich mich beim letzten Mal verhört. Mit dem Kaffee in der Hand schlurfe ich müde zur Rezeption. Da entdeckt mich Doktor Mett und kommt freudestrahlend angaloppiert. *„Ha...ha...hallo, liebe Frau Sa...Sa...Sattler, einen wu...wu...wunderschö...schö...schönen g...gu...guten Mor...Mor...gen!"*, stottert er und die Mädels liegen auf dem Boden. Wieso stottert der jetzt plötzlich wieder, wo er doch eben noch ganz klar und deutlich ...? Ach, na bravo! Dem gehen die Hormone durch und wenn das passiert, hat er seinen Sprechapparat nicht unter Kontrolle, analysiere ich im Stillen das Geschehen. Offensichtlich ist es kein Geheimnis und scheint des Öfteren der Fall zu sein. Die Belegschaft geiert ja regelrecht darauf, denke ich empört. Ich hasse es, wenn jemand wegen eines unverschuldeten Defizits ausgelacht wird. Da kommt bei mir die Sozialpädagogin durch.

„Die Sonografie ist bereit, Frau Sattler. Bitte folgen Sie mir", quietscht eines der frechen Biester, mühsam um seine Contenance bemüht.

Doktor Mett runzelt ärgerlich die Stirn. Dann lässt er das alberne Stück links liegen, betrachtet mich versonnen und fragt allen Ernstes: *„Fra...Frau Sa... Sa...Sa...Sattler, ähm, tru...u...u...gen S...S...Sie Ihr Haa...Haa...Haar ni...ni...nicht o...o...offen, beim le... le...letzten Ma...Ma...Mal?"*

Ich ignoriere die bescheuerte Frage, die Mädchen japsen. Toll, ich bin hier der Pausenclown! Nach dieser erschreckenden Feststellung weiß ich gar nicht, auf wen ich meine Zornesblicke abschießen soll. Arzt oder Mädels? Ach, die können mich alle mal kreuzweise, entscheide ich für mich für Coolness und betrete hocherhobenen Hauptes die Sonografie.

„Bi...bi...bitte den Ro...Ro...Rollkragen ein bis...bis... bisschen ru...ru...runterziehen und den Ha...Ha...Hals frei ma...ma...machen. I...I...Ich komme gleich."

Seufzend begebe ich mich auf die Liege und versuche brav zu gehorchen. Tanja ist willig, doch der blöde Rolli denkt gar nicht daran. Er ist definitiv zu eng geschnitten, keine Chance, sitzt wie angeklebt am Hals. Kann der Arzt jetzt überhaupt gescheit sonoieren oder wie das heißt? Ich zerre und ziehe, will das Ding schließlich ausziehen, doch halte inne. Ich habe nichts darunter und fürchte, Doktor Mett wird glatt einen Herzkasper bekommen. Die Uhr tickt, bald beginnen die Vorlesungen. Menschenskinder, der Kerl ist Profi, der soll sich gefälligst zusammenreißen! Schwuppdiwupp ziehe ich mir den Rollkragenpullover über den

Kopf und warte ergeben. Doktor Mett kommt herein, starrt auf meine nackten Brüste und zischt entsetzt: *„Ich ha...ha...hatte doch ge...ge...gesagt, nur he...he... herunter zieh...zieh...ziehen!"* Hektisch bewirft er mich mit meinem Pullover und schmeißt zur Sicherheit noch seinen Kittel hinterher. Schwer atmend spritzt er mir Gleitgel auf den Hals, was jetzt irgendwie furchtbar anstößig wirkt, greift nach dem Handstück vom Ultraschallgerät und schiebt es mir zitternd über die Gurgel. Die Situation ist ultrapeinlich, eine ganz normale Untersuchung wird zur Tortur! Ich komme mir total verdorben vor. Dazu die sich kringelnde holde Weiblichkeit vor der Tür. Geht's noch bekloppter? Aber ja!

Drei Wochen später quält mich ein böser Husten und ich muss dringend abgehört werden. Als ich Doktor Mett in der Sprechstunde das Anliegen vortrage, beschwört er mich stotternd und schnaufend ich solle ja den Wollpullover anbehalten, er könne mich auch angezogen untersuchen. Okay ...??? Fahrig orgelt der Mediziner mit seinem Stethoskop auf meinem fingerdicken Strickpulli umher. Ich bin nicht vom Fach, aber dieses Vorgehen erscheint mir wenig sinnvoll. Ein Hausarztwechsel wäre offensichtlich empfehlenswert.

Dem Himmel sei Dank, dass keine seiner Angestellten mit im Raum ist! Da klopft es an der Tür und Doktor Wurst, der ältere Praxis-Kollege meines verwirrten Medizinmannes, kommt herein. Er stutzt, betrachtet sich das Geschehen mehrere Sekunden lang interessiert und fragt den Kollegen schließlich lachend: *„Bist du unter die Schafscherer gegangen, Junge? Was treibst du denn da?"*

„Klau...au...aus, ka...a...annst d...d...du bi...bi... bitte über...über...nehmen?" Blitzschnell bekommt der verdatterte Kompagnon das Stethoskop in die Hand gedrückt und Doktor Mett flieht mit wehendem Kittel.

„Was hast du denn mit dem angestellt, Mädchen?" Doktor Wurst grinst mir anzüglich ins Gesicht und droht mir mit dem Zeigefinger. *„Der junge Mann hat Frau und Kind."*

„Gar nichts, hallo? Ich habe einen Freund!", versuche ich mich zu verteidigen. Meine Empörung kennt keine Grenzen.

„Ach ja? Das ist zwar ein Grund, aber sicher kein Hindernis!" Doktor Wurst wiehert vor Vergnügen und ich bin kurz vorm Überkochen! Das ist ja wieder einmal typisch, so ein mieser Chauvi! Schuld trägt

selbstverständlich die Frau. Die Erbsünde lässt grüßen. Vielen Dank auch, liebe Eva! Da soll ich keinen dicken Hals bekommen ...

Der Opernsänger

Eine meiner Kommilitoninnen kommt auf die Idee eine WG zu gründen und fragt mich, ob ich auch Lust dazu habe. Diese Erfahrung kann ich allen meinen Mitmenschen nur wärmstens empfehlen, denn die Vorstellung vom Alleinsein dürfte danach kaum mehr ein Problem darstellen. Im Gegenteil – plötzlich erscheint es einem als traumhaft angenehmer Zustand! Wie ich zu dieser Einsicht gelange? Mich überzeugen (nicht nur) die schier unüberwindbaren Berge von Wäsche und Geschirr, das stundenlang blockierte Badezimmer, Musik, die ich nicht hören mag aber muss, mein ständig leergetrunkener Wein- und Sekt-Vorrat oder mein gähnend leeres Lebensmittel-Fach im gemeinsamen WG-Kühlschrank. Nein, das sind alles Peanuts und darüber hinaus eine gute Übung für später, wenn die geliebten Kinder jugendlich werden. Meine Einsicht beruht auf ganz anderen Erfahrungen.

Der aktuelle Lover meiner Mitbewohnerin ist Opernsänger. Da ich ein kulturell interessiertes Wesen bin, genieße ich unsere Unterhaltungen über Theater, Oper, Kunst und die Sinnhaftigkeit des Lebens wirklich sehr. Auch seine Kolleginnen und Kollegen, die er ab und zu anschleppt, besitzen einen nicht zu unterschätzenden Unterhaltungswert. Coole Typen, niemals spießig, niemals langweilig. Wir feiern Hammer-Partys, so wie es in Studienzeiten eben sein muss. Es gibt nur ein einziges Problem mit unserem liebenswerten Opernsänger, er nimmt seine Arbeit übermäßig ernst. Ich nehme mein Studium ebenfalls ernst, heißt, gelegentlich fühle ich mich bemüßigt für anstehende Klausuren zu pauken. Leider bin ich sehr geräuschempfindlich. Unterhalten sich meine Mitbewohnerin und ihr musikalischer Liebster bloß, ist das zu verkraften. Selbst wenn sie von rein verbalen Aktivitäten in den Ganzkörpermodus wechseln. Das empfinde ich als amüsante Abwechslung vom Pauken und die beiden kommen zum Glück immer rasch zu Potte. Kein Thema. Zur Weißglut treibt mich etwas anderes. Es sind die stundenlangen Stimmübungen unseres ganz persönlichen Haus- und Hof-Künstlers. Der blanke Horror, nein, es ist Folter! Ich bin nahe dran, bei Amnesty International um Hilfe zu bitten, denn nicht einmal die Ohrstöpsel aus der Apotheke kommen gegen ihn an. Gerade wenn ich in Sachen Sozialhilfe- und Jugendhilferecht furztrockene Paragraphen auswendig lernen oder mir ätzende Statistik reinziehen muss. Da wirken begleitende Geräusche wie *„Mimimimi-miiiiiiiiiii"* oder Technik-Übungen für den astreinen Wechsel von der ersten in die zweite Oktave geradezu vernichtend.

Die menschliche Stimme erreicht selten einen Stimmumfang von drei Oktaven, aber zwei besitzen vierundzwanzig Halbtöne. Ich versichere dir, das ist völlig ausreichend, um einen normalen Menschen in den Wahnsinn zu treiben! Ich wusste bis dato gar nicht, zu welch blutigen Mordfantasien ich fähig sein kann und das, als angehende Diplom-Sozialpädagogin. Abgründe tun sich vor mir auf. Es ist erschreckend! Ich versuche ihn mehrmals darauf anzusprechen. Frage, ob er nicht bitte morgens bis nachmittags proben könne, wenn ich mich im Fachbereich oder bei meinem Studentenjob befinde.

„Nein, das ist mir leider nicht möglich", meint er. *„Vormittags brauche ich dringend meinen Schönheitsschlaf. Ich absolviere mein Training am liebsten später,*

nachmittags oder abends, da mich die Abendstim-
mung so wunderbar inspiriert." Seine Engagements
finden nur sehr unregelmäßig statt, sodass ich selten
Pause von ihm habe. Womit das Thema „Lernen" zum
Stressthema mutiert. An für sich finde ich unseren
Opernsänger sehr interessant und nett. Manchmal kocht
er für uns, unterhält uns mit skurrilen Auftritts-
schwänken und spült sogar ab. Das ist toll! Aber in
Sachen Rücksichtsname finde ich ihn weniger toll,
bisweilen kommt er mir sogar recht merkwürdig vor.
Wie seltsam er tatsächlich ticken kann, bekommt mein
Freund zu spüren, mit dem ich mir zwischen Studium
und Job oft und gerne ein heißes Schäferstündchen
gönne. Dabei lässt sich auch vieles lernen und das
Mimimimiii stört diesbezüglich überhaupt nicht.

Einmal haben wir fast die Zeit verpasst. Eilig mache ich
mich fertig, um wenigstens einigermaßen pünktlich
beim Job aufzuschlagen. Leider steckt in meiner Jacke
der Autoschlüssel meines Süßen. Er hat vor, während
ich bei der Arbeit bin, etwas Wichtiges zu erledigen und
rennt mir deshalb hinterher – so wie Gott ihn schuf.
Seine Rufe verhallen ungehört im Treppengang des
Mehrfamilienhauses, in dem sich die Studenten-Bude

befindet. Der Arme hat keine Chance, ich bin längst draußen, als ihm das mit dem Autoschlüssel dämmert. *„Scheiße!"*, entfährt es ihm, als er einsieht, dass sein Termin nun warten muss. Doch als er sich herumdreht, um wieder in die Bude zu schlappen, wird es noch viel schlimmer. Die Tür fällt ins Schloss. Unseren Ersatzschlüssel hat der Opernsänger einkassiert. Wer zuerst kommt, malt zuerst. Mein bedauernswerter Freund sieht sich von jetzt auf nachher autoschlüssellos, wohnungstürschlüssellos, klamottenlos und obdachlos. Mensch, da ist was los!

Panisch lauscht der unfreiwillige Adam ins Treppenhaus hinab. Unterhalb wohnen drei weitere Parteien. Allerdings befindet sich bei uns oben der Speicher, den alle gemeinsam nutzen. Der Nackedei beginnt an die Wohnungstür zu klopfen, zuerst leise, dann immer lauter, voller Hoffnung, meine Mitbewohnerin oder ihr Lover würde ihn aus der peinlichen Situation erlösen. Nichts rührt sich. Unten geht eine Tür, Schritte stampfen auf der Treppe. Mein Schatz ist Atheist, aber in diesem Augenblick betet er zu sämtlichen Göttern, dass niemand auf den Speicher will. Die abgelatschte Fußmatte wäre sein einziger Schutz vor spöttischen oder, viel wahrscheinlicher, vor entsetzten Blicken.

Am Ende würde die Polizei anrücken und er bekäme eine saftige Geldstrafe auf der Grundlage von § 183a StGB. Da, ein Schatten huscht drinnen an der verglasten Eingangstür vorbei. Jemand ist zu Hause, HURRA!

Mit Sicherheit gibt es Schöneres, als erklären zu müssen, weshalb man splitternackt vor der Tür steht. Doch das findet mein gepeinigter Liebster immer noch besser, als eine Anzeige wegen „Erregung öffentlichen Ärgernisses." Er ruft und hämmert wie ein Wilder drauf los und es wird ihm aufgetan. Hatte ich schon erwähnt, dass mir der Opernsänger manchmal ein bisschen merkwürdig vorkommt? Der sagt bloß: „Ach du bist's", und läuft weiter zur Küche, um sich ein Glas Wasser zu holen. Danach nickt er meinem nackten Schatz freundlich zu, geht zurück ins Zimmer und beginnt mit Mimimimiiiii!

Der „Kater" oder das Malheur
im Kofferraum

Nach einem anstrengenden Studientag im Fachbereich Soziales freuen sich mein Freund und ich auf einen gemütlichen Abend bei netten Kommilitonen. Leider wird es bald im Überschwang der Fröhlichkeit ein bisschen zu gemütlich.

Unsere Gastgeber frönen derselben Leidenschaft wie wir. Ausgezeichneter Wein zu ausgezeichnetem Essen, dazu ein offenes Kaminfeuer und groovige Musik. Das Essen hält sich quantitativ in Maßen, der Wein allerdings nicht. Noch vor Mitternacht weiß ich nicht mehr, ob ich weiblich, männlich oder sonstwie gestrickt bin. Herkunft, Studiengang, Familienstand, Adresse und aktuelle Ortung, all das ist mir ebenfalls abhanden-gekommen. Das Einzige, was noch glasklar durch meine kleinen grauen Zellen huscht, ist die Information, dass Schimpansen den Intelligenzquotienten eines dreijährigen Menschen erreichen können. Irgendwie gerät diese Information, vermutlich habe ich sie als Kind in einer Sendung von Dr. Bernhard Grzimek aufgeschnappt, völlig außer Kontrolle.

Ab einem nicht mehr feststellbaren Zeitpunkt und Promillegrad dient sie als Argument für einfach alles und jeden. Meinem Freund ist dies außerordentlich peinlich. Er entschuldigt sich (beziehungsweise mich), sattelt die Hühner und wir treten den Heimweg an.

Am nächsten Morgen steht nicht bloß der übliche Samstag-Besuch bei Frau Engel an, einer guten alten Freundin der Familie, sondern auch ein Besprechungstermin bei meinem damaligen Arbeitgeber in Bensheim. Der Wecker klingelt Punkt acht, laut und erbarmungslos. Wer erst gegen sieben ins Bett fällt, empfindet dies mit Sicherheit als mittlere Katastrophe. Wer dazu noch über beachtliche Restpromille verfügt, denkt in diesem Moment vielleicht sogar an Mord und Totschlag. Eine deftige Wechseldusche und ein dreifacher Espresso helfen, Kleidung, Autoschlüssel und Haustür zu finden. Der Verstand bleibt im Bett!

Ich schleppe mich zum Parkplatz. Beim Auto bin ich mir nicht sicher, doch der Schlüssel passt. Die Blinkgeräusche drohen mir den Schädel zu sprengen, das Sonnenlicht sowieso. Am Arbeitsplatz angelangt – keine Ahnung, wie sich dieses Wunder vollziehen konnte – krieche ich die Treppen zum Personalbüro hinauf. Durch jahrelanges Training finde ich blind und dankbar den richtigen Schreibtisch.

„Hallo Tanja, na, alles klar? Bisschen blass heute früh", dröhnt mir eine bekannte Stimme wie durch ein Megafon entgegen. So ungefähr muss Moses bei der Verkündung der 10 Gebote geklungen haben. Übelkeit überfällt mich wie eine meterhohe Welle. Jetzt bloß nicht der Kollegin auf den Schreibtisch kotzen, ist mein einziger Wunsch und Gedanke. Mit schier übermenschlicher Disziplin erledige ich den anstehenden Papierkram und wanke, schwer atmend, rückwärts aus dem Büro hinaus. Die zwei Stockwerke hinab werden tapfer bewältigt und irgendwie schaffe ich es auch, das Auto zu erreichen. Doch dann, während der Fahrt, steigert sich die Welle zu einem gigantischen Tsunami.

Ich kann doch nicht mitten auf dem Ritterplatz die Fahrertür aufreißen und vor aller Augen meinen Magen entleeren, denke ich verzweifelt. Bin hier geboren, zur Schule gegangen, bekannt wie ein bunter Hund! In letzter Sekunde entscheide ich mich für die Fußmatte vor dem Beifahrersitz. Prima, es ist 9.50 Uhr. Frau Engel erwartet mich in exakt zehn Minuten. Damen ihres Schlages legen großen Wert auf moralische Werte. Pünktlichkeit gehört fraglos dazu, da lässt sich nicht diskutieren.

Ich kümmere mich seit Jahren um die reizende Frau, gehe für sie einkaufen, helfe ihr im Haushalt und halte den Garten in Schuss. Sie ist mir sehr ans Herz gewachsen. Ab und an darf ich mir ein Buch aus ihrer Bibliothek aussuchen, an Weihnachten lädt sie mich ins Theater ein. Ich möchte sie wirklich nicht enttäuschen. Mein gut trainierter Schutzengel verhilft mir zum Sieg (leider auch zu zwei schweineteuren Grußfotos, eins vom Bensheimer und eins vom Zwingenberger Ordnungsamt). Punkt 10 Uhr stehe ich vor Frau Engels Haus. Seltsamerweise steht die liebe Dame vor der Tür, sodass ich meinen verloren gegangenen Mageninhalt erst einmal auf der Fußmatte schwimmen lasse und artig *„Guten Morgen"* rufe.

„Huhu, Tanja", ruft sie fröhlich zurück, *„bleib ruhig im Auto, ich komme runter. Wir fahren zum Wochenmarkt nach Bensheim, einkaufen."*

Heiliges Kanonenrohr! Ich hechte heraus, um den Wagen herum und reiße die Beifahrertür auf. Vorsichtig ergreife ich die Fußmatte und will sie beherzt in Nachbars Garten schleudern, da ertönen fröhliche Kinderstimmen und Ping-Pong-Geräusche. Die haben offensichtlich Familienbesuch – ganz schlecht! Frau Engel ist mittlerweile schon am Gartentor angelangt.

Verzweifelt springe ich hinter mein Auto, öffne mit dem Ellenbogen die Heckklappe und werfe die Fußmatte samt Mageninhalt in den Kofferraum. Ja nicht hinsehen, Klappe zu, fertig. Charmant und wohlerzogen helfe ich Frau Engel dabei, auf dem Beifahrersitz Platz zu nehmen.

„Danke, aber du hättest doch nicht extra aussteigen müssen.“

„Oh doch“, stöhne ich bleich, *„oh doch!“* Sie blickt mich seltsam an, ob ich eine Fahne habe? Kaum sitzt die gute Frau und die Tür ist zu, werde ich von der zweiten Welle erfasst. Ich drehe ab und beglücke das Buschwerk im Nachbargarten. Zum Glück hört und sieht mich niemand. Meine Eltern haben mir beigebracht, immer ein Taschentuch eingesteckt zu haben. Das kommt mir jetzt zugute. Saubermachen, tief durchatmen, Brust raus, Arschbacken zusammenpetzen. Diszipliniert wie eine Soldatin marschiere ich zur Fahrerseite und greife entschlossen nach dem Lenkrad. Irgendwie überstehe ich das ungünstig terminierte Wochenmarkt-Shopping ohne auf die gut sortierte Gemüseauslage oder gar in Frau Engels Einkaufstasche zu kübeln. Allerdings rollt die dritte Welle mitten auf dem Parkplatz an.

Mangels Alternativen benutze ich das schwarz glänzende Porsche-Cabriolet, welches praktischerweise gleich neben meiner verbeulten Schrottkarre steht (hoffentlich liest der Porsche-Fahrer niemals dieses Buch!). Mein tierlieber Fahrgast hat zum Glück einen Vogelschwarm beobachtet und nichts mitbekommen, fragt aber nun: *„Sollten wir die Blumen nicht besser in den Kofferraum stellen?"*

„Nein", kreische ich hysterisch, *„der ist schon voll!"* Auf der Heimfahrt versuche ich Frau Engels scheelen Blick zu ignorieren und schicke ein Stoßgebet nach dem anderen gen Himmel. Die Sonne brennt auf das Autodach herab und es beginnt sehr unangenehm zu riechen. Eine geschlagene Stunde später platziere ich mein Auto auf dem heimischen Stellplatz – endlich! So muss sich ein Brauereigaul fühlen, nach einem eisenharten Arbeitstag. Der Stall ruft, ich will bloß noch schlafen.

Nachmittags weckt mich mein Freund und meint grinsend, ich könne ruhig weiter den Tag verpennen, er würde jetzt zum Einkaufen fahren. Dankbar drehe ich mich herum und genieße das Gefühl, so nett umsorgt und geliebt zu sein. Doch kaum ist der Gute fort, fällt es mir wie Schuppen von den Augen. O Gott, o Gott!

Senkrecht stehe ich im Bett. Die Fußmatte! Sie liegt immer noch im Kofferraum.

Knalliger Einstand

Ich weiß nicht, ob du das kennst, aber für uns fühlt sich der aktuelle Wohnungswechsel wie eine Endlosschleife an. Es könnte auch ein fieses Monster sein, das aus blanker Missgunst unsere Beziehung torpediert. Wir brauchen eine größere Wohnung, denn es ist ein Umzug aus Liebe und dem innigen Wunsch heraus, diese durch die Produktion eines zauberhaften kleinen Wesens zu vergolden. Wir hegen die Hoffnung, dass es unsere Gefühle füreinander vervielfacht und auch nach unserem Tode noch in sich weiterträgt. Kurzum, wir möchten ein Baby! Ein herrlicher Gedanke, der Himmel hängt voller Geigen. Nach wochenlangen Diskussionen (was kann weg, was kommt mit), kräftezehrenden Renovierungen, Ein- und Auspackstress, endlosen Transportfahrten neben Studium und Arbeit, treffen wir die richtigen Töne nicht mehr. Die süßen Melodien kippen ins Atonale

Die Seiten beginnen zu reißen, unsere Schwingkörper bekommen hässliche Risse. Schließlich stehen wir kurz davor, uns die Köpfe einzuschlagen (diverse Nervenzusammenbrüche haben wir schon hinter uns), als es plötzlich geschafft ist. An irgendeinem Wochentag, kurz vor Mitternacht, sind wir im wahrsten Sinne des Wortes fix und fertig. Wir können es kaum fassen, wollen uns sofort etwas Gutes tun! Ein bisschen feiern, uns entspannen, endlich wieder glücklich sein!

„Ein heißes Schaumbad mit einer Flasche eiskaltem Sekt?", frage ich sehnsüchtig.

„Ja, ja, jaaa! Und dazu noch ein paar leckere Häppchen – ich sterbe vor Hunger!" Der Liebste strahlt und greift zärtlich nach meiner Hand. *„Komm, lass uns den Kühlschrank entern!"*

Aufgekratzt stürmen wir in die frisch montierte Küche und reißen erwartungsvoll die Kühlschranktür auf. Doch siehe da, nichts als gähnende Leere! Im Kopf, im Magen und im Kühlregal. *„Du wolltest doch einkaufen gehen!"* Schon klingt der Ton wieder leicht hysterisch. *„Ich, wann denn? Ich war heute in der Uni und danach dreimal im Baumarkt. Du warst den ganzen Tag zuhause, du wolltest die Lebensmittel besorgen!"*

Mein Liebster ist gar nicht mehr lieb, brüsk entzieht er mir seine Hand. Ich will ihm gerade sagen, dass ich den ganzen Tag mit Räumen und Putzen beschäftigt war und ohne das Auto schlecht einkaufen gehen kann. Unser neues Heim befindet sich mehrere Kilometer weit fort vom nächsten Lebensmittelmarkt. Ihm scheint das entfallen zu sein, denn er legt los: *„Was hast du den lieben langen Tag gemacht? Ich habe Bilderrahmen, Pflanzenkübel und die Wanduhr für die Küche besorgt. Sogar schon aufgehängt, schau!"*

Auf dem Zifferblatt der Uhr sind zwei Mojitos abgebildet – das ist die Rettung! *„Stopp!"* Begeistert packe ich ihn bei den Schultern, denn hipp hipp hurra: Am Ende des Tunnels ist eine Cocktail-Bar! *„In der Ortsmitte gibt es ein Havanna"*, jubele ich, *„das muss doch auch nach Mitternacht noch geöffnet haben. Um die Zeit gibt es zwar kein Essen mehr, aber sicher ein bisschen Knabberzeug, coole Musik und in jedem Fall eiskalten Sekt. Oder Mojitos! Was meinst du?"*

„Spitzen Sache, auf was warten wir noch?" Mein Liebster ist wieder lieb und gibt mir einen Kuss, einen richtig heißen sogar!

Unsere Vorfreude kennt keine Grenzen. Heißhungrig und völlig ausgedörrt wie wir sind, springen wir in Jacken und Schuhe, reißen die Haustür auf und rennen los. Hand in Hand galoppieren wir lachend über Stock und Stein. Schon bald kommt die hübsch erleuchtete Altstadt in Sicht, kurz darauf erreichen wir die Ortsmitte. Das begehrte Ziel ist bloß noch einen schlappen 50-Meter-Spurt entfernt. Wir geben alles! In der nächsten Sekunde knallen unsere Köpfe mit Karacho gegen eine unsichtbare Wand. Der Schlag, den es tut, ist so laut, dass sämtliche Bar-Gäste erschrocken von den Hockern springen und dem Barkeeper der Shaker aus den Händen fliegt. Wir taumeln rückwärts und fassen uns stöhnend an Stirn und Nasen. Gelächter wird laut, schließlich scheint die gesamte Ortsmitte davon erfüllt zu sein. Es könnte uns jemand fragen, wie es geht, doch stattdessen regnet es nur Spott und Hohn: *„Habt ihr gesehen, die beiden Deppen dort sind volle Kanne gegen die Scheibe gerannt! Total bescheuert!"* Etliche sensationsgeile Gesichter pressen sich lachend an die gläserne Außenwand, wir kommen uns vor wie zwei degradierte Straßenclowns. Sicher sind unsere Nasen geschwollen und quietschrot, so wie das gerumst hat. Wir vermuteten, es sei eine offenstehende

Glas-Schiebetür. Irrtum! Die befindet sich zwei Meter weiter rechts von uns. Allerdings ist dort jetzt kein Durchkommen mehr. Der Eingang ist verstopft von einer grölenden, gaffenden Menge.

Mein Liebster flüstert: *„Lass uns verschwinden! Am Ortsausgang ist eine Tanke. Dort holen wir Sekt und Knabberzeug und steigen in die Badewanne."*

„Gute Idee", flüstere ich, *„nichts wie los!"*

Schon lachen sie wieder. Wir nehmen die Beine in die Hand. Unsere Schädel haben wir an diesem denkwürdigen Abend zum Glück nicht durchbrochen, aber die Schallmauer mit Sicherheit.

Ehefrau und Mutter

Eine spiralförmige Peinlichkeit

Mein mittlerweile angetrauter Herzbube überrascht mich zu unserem fünften Jahrestag mit Festivalkarten für die Freilichtbühne im Auerbacher Schloss. Ich bin völlig aus dem Häuschen. Das Ambiente an der schönen Hessischen Bergstraße ist ohnehin grandios (sagt eine unverkennbare Lokalpatriotin), die Qualität der Sommerfestspiele Bensheim-Auerbach ebenfalls. Das heutige Programm verspricht einen mitreißenden Flamencoabend mit Bettina Castaño. Da ich selbst damit begonnen habe, die schweißtreibende, edle Kunst des Flamencos aktiv zu betreiben, ist die Vorfreude groß. Stundenlang blockiere ich das Bad, um mich dem Anlass entsprechend à la Carmen zu präsentieren. Ich wähle ein glamouröses, feuerrotes Neckholderkleid in feurig fließendem Satin. Passend dazu sündige rote Stilettos, die mich mein halbes Monatsgehalt gekostet haben und ganz davon abgesehen unglaublich praktisch für eine Burgbesteigung sind! Das Glanzstück des Outfits thront auf dem Haupt, welches eine wild gelockte, romantische Hochsteckfrisur krönt.

Meine Haare sind recht hübsch. Doch leider nicht das Kräftigste an mir.

Hochsteckfrisuren brauchen extrem guten Halt. Ein neues Haarstyling-Produkt verspricht genau das und in der mir eigenen Experimentierfreudigkeit muss ich es stante pede ausprobieren. Es handelt sich um eine kleine Spirale, die einfach ins Haar gedreht wird und die Frisur, ebenso haarschonend wie unauffällig, in Form halten soll. Das jedenfalls verspricht die euphorisch strahlende Schönheit auf der Verpackung. Wer so lächelt, kann nicht lügen, denke ich gut-gläubig. Endlich ist es dann so weit, die Spirale, mein Schatz und ich schweben voller Vorfreude in den lauen Sommerabend hinaus. Im Schlosshof angekom-men erfüllen mich bewundernde Blicke mit jugend-lichem Stolz und ich trippele auf meinen Fußballen zum gebuchten Sitzplatz. Meine Absätze erweisen sich als extrem burguntauglich. Aber ich musste die Mörder-teile ja unbedingt anziehen! Frei nach dem Motto: Wer schön sein will, muss stöckeln.

Nach dieser selbst auferlegten Tortur sinke ich erleichtert darnieder. Ein unauffälliger Griff zum Haar sagt mir, es sitzt ebenfalls. Top! Die dank Flamenco mittlerweile schwarz gefärbten Locken sind mit Hilfe eines Schaumfestigers perfekt modelliert und wurden mit Haarlack der Kategorie „ultrastrong" zu Beton verarbeitet. Wahrscheinlich werde ich diese Frisur noch bei meiner Beerdigung tragen. Auch gut! Die Vorstellung beginnt. Bettina und ihre Musiker zeigen ein hochprofessionelles Programm, dem alle Zuschauer wild applaudierend folgen. Vielleicht habe ich ein wenig zu wild geklatscht, denn plötzlich erklingt ein verräterisches Kling-klang-klong-rolle-rolle. Entsetzt spüre ich, wie meine Frisur, ähnlich einer sehr steifen, frisch geschälten Banane, in alle Richtungen auseinanderklappt. Sofort fixiere ich mit der rechten Hand den Schopf, mit der linken taste ich nach meiner verloren gegangenen Haarbefestigung. *„Verdammter Mist!"*, fluche ich verzweifelt, der Gatte erblasst. Er fürchtet, der Abend ist gelaufen. Ein Zuschauer auf dem Platz gegenüber erweist ein mitleidiges Herz (möglicherweise ein Friseur oder ein Paartherapeut?), seine Augen suchen eifrig mit. Ich bete und fluche im Akkord.

Da bückt sich der Gute und hält mir strahlend seine Hand entgegen, an deren Fingern die freche kleine Ausreißerin lustig vor sich hin baumelt. Für das Publikum im hinteren Zuschauerbereich hervorragend sichtbar und wohl, um auch die vorderen Plätze über den

glücklichen Wiederfund zu informieren, fragt der
stolze Finder laut und deutlich: *„Ist das Ihre Spirale?"*

Mit hochrotem Kopf und einem gequälten Lächeln auf
den Lippen antworte ich brav: *„Ja, herzlichen Dank!"*
Zornig schnappe ich mir das vermaledeite Ding, um es
mir wieder in die Haare und nicht, wie sicherlich einige
der anzüglich grinsenden Gaffer hoffen, woandershin
zu schrauben. Natürlich muss ich sofort daran denken,
was gewesen wäre, wenn ich es mir, begleitet von dem
Satz: *„Hurra! Der Abend ist gerettet, mein Schatz!"*,
schwungvoll zwischen die Beine geklemmt hätte.
Offenbar sind schmutzige Gedanken in Hessen höchst
ansteckend! Alberne Prust- und Kichergeräusche wogen
über die Reihen hinweg. Die fein zurechtgemachte
Menge wird recht unfein von einem geradezu barba-
rischen, kollektiven Lachkrampf erfasst. Alles schlägt
sich fröhlich wiehernd auf die Schenkel.

Arme Bettina! Sie wird bis heute nicht verstanden
haben, weshalb sie von diesen unfassbar ungezogenen
Bergsträßern mitten in ihrer Darbietung schamlos
ausgelacht worden ist.

Tollwütige Jungmutter

Ganz nebenbei erfahre ich von der Rezepte tippenden Gattin meines Frauenarztes, dass ich schwanger bin – und sie beschert mir damit einen der schönsten Momente meines Lebens! Ich beginne so schrill zu schreien, dass die liebe Frau aufspringt, mich an den Schultern packt und zu Tode erschrocken fragt: *„So schlimm?"*

„Nein, so schön!", jubiliere ich strahlend und hopse mit ihr wie ein Tandem-Flummi durch den gynäkologischen Anmeldebereich. Neun Monate später kommt das heiß ersehnte Baby zwar termingerecht zur Welt, doch leider muss es schon einen Tag nach seiner Geburt ins Kinderkrankenhaus. Kritische Werte, Gelbsucht. Papa und Mama zerfließen vor Tränen. Die erste gemeinsame Zeit mit dem kleinen Sohn haben wir uns natürlich anders vorgestellt.

Alldieweil ich unbedingt stillen möchte und wir in diesem Krankenhaus leider nicht übernachten können, klingelt fortan täglich um 5 Uhr früh der Wecker. Kurz darauf düsen wir koffeinfrei Richtung Darmstadt. Nach drei- bis vierstündigen Intervallen mit der letzten

Runde Mutter-Kind-Glück um 23.30 Uhr, überstehen wir tapfer jeden einzelnen Krankenhaus-Tag. Zwischen den Stillstunden essen wir eine Kleinigkeit und gehen etwas Luft schnappen. Die meiste Zeit über sitzen wir hilflos und ängstlich vor dem Brutkasten und starren sehnsüchtig auf den süßen Nachwuchs. Von einer Brille geschützt, muss er stundenlang unter dem UV-Licht liegen. Schläft der kleine Schatz, ist es erträglich. Doch meistens weint er, windet sich wie ein Wurm an der Angel und greift in die Luft, als würde er unsere Nähe suchen. Das zerreißt uns Eltern schier das Herz, da wir ihn nicht ständig herausnehmen dürfen. Es sind grässliche Tage und ich werde nicht müde, den Pflegekräften jeden Abend aufs Neue einzuschärfen, meinem Baby ja kein Fläschchen zu geben (ausgenommen Tee oder Wasser für den Durst). Wir kommen sicher! Vater, Mutter, Brust!

Am vierten Tag, wir sind erst um 1.30 Uhr nachts ins Bett gekommen, liegen die Nerven blank. Um 5.45 Uhr – ganz die vorbildlichen Jungeltern – stehen wir wieder in der Babystation stramm, als unsere müden Augen eine blonde Krankenschwester orten. Sie sitzt da seelenruhig auf dem Gang, hat das geliebte Söhnchen auf dem Schoß und schiebt ihm die strikt verbotene

Pulle in den Mund. Meine Ohren klingeln, die Augen tränen, ich sehe rot! Wie ein wild gewordener Hochgeschwindigkeitszug rase ich auf die Krankenschwester zu, reiße ihr den Säugling aus dem Arm, presse ihn schützend an mich und brülle: *„Habe ich nicht gesagt, dass ich immer zum Stillen kommen werde? Was soll das? Himmel, Arsch und Zwirn! Jetzt flipp' ich aber aus!"*

Die Schwester entschuldigt sich schluchzend und fürchtet wohl, ihr letztes Stündlein habe geschlagen, denn ich kann mich einfach nicht beruhigen. Mein Mann will irgendetwas sagen, zupft und zoppelt mir am Ärmel herum. Ich schüttele ihn ab wie eine lästige Fliege und will mir die Bluse aufreißen, um dem armen Junior die verdiente Brust zu geben. Da tritt eine Ärztin aus dem gegenüberliegenden Zimmer heraus, gähnt, lehnt sich lässig gegen den Türrahmen und sagt ruhig, aber bestimmt: *„Frau Sattler, würden Sie das Mädchen jetzt bitte wieder an Schwester Irmgard zurückgeben?"*

Mädchen? Wieso Mädchen??? Entsetzt starre ich auf das goldige Kind. Es sind dieselben schwarzen Haare, dieselbe milchweiße Haut, dieselben feinen Gesichtszüge, alles passt. Doch ja, jetzt sehe ich es ... upsi!

Die Augen sind braun, unser Sohn hat grüne. Fast hätte ich es fallen lassen, das arme Baby.

Größenwahn lässt grüßen

Wir müssen unbedingt zur Expo 2000 in Hannover fahren, das ist ja klar! Endlich findet die Weltausstellung in Deutschland statt. Wer sich das entgehen lässt, ist selbst schuld. Vor allem Menschen wie wir, die zwar gerne und oft reisen, aber es (bis dato) leider immer noch nicht bis über die Grenzen Europas hinausgeschafft haben. Natürlich ist auf dem Expo-Gelände die Hölle los, aber wir haben die Karten früh genug besorgt und uns seelisch moralisch gewappnet. An der Schlange am Ticketschalter können wir fröhlich vorbeimarschieren, an denen vor den Pavillons leider nicht. Diese Kröte müssen wir schlucken.

Zuerst besuchen wir den Expo-Pavillon der Vereinigten Arabischen Emirate und es haut uns schier vom Hocker! Die orientalischen Klänge und Düfte, welche unsere Sinne verzaubern, diese atemberaubende Architektur, durch die wir lustwandeln, entführen uns unweigerlich in Träume von „Tausendundundeine Nacht".

Wir trinken köstlichen schwarzen Tee, während ich mir die Hände kunstvoll mit Henna bemalen lasse. So kann es gerne weitergehen! Als Nächstes betreten wir den Schweizer Pavillon, „Klangkörper"genannt. Er besteht aus einem Labyrinth surrealistischer Holzkonstruktionen, sodass wir Mühe haben, nirgendwo anzustoßen und wieder heil hinaus zu finden. Cool, ohne Frage! Aber irgendwie auch beängstigend.

Die Pavillons von Venezuela und Mexiko sind genau mein Fall. Palmen, exotische Blumen, Cocktail-Bars, kulinarische Spezialitäten, Folklore. Die „Plaza Latina" ist mit einer großen Tanzfläche bestückt, auf der sich zu heißen Latin-Rhythmen temperamentvolle Menschen tummeln. Meine Füße zucken sofort mit, die Hüfte sowieso. So sehr mich mein Gatte auch liebt, er untersagt mir strikt, der Aufforderung mehrerer Supertänzer nachzukommen. Er ist sehr eifersüchtig. Da ich ebenfalls zur Eifersucht neige, muss ich mich wohl oder übel fügen. Normalerweise lasse ich mir nichts verbieten. Aber die berühmte „Goldene Regel" ist stärker, zitiere: „Was du nicht willst, was man dir tu ..." und so weiter und so fort. Jaja, schon verstanden. Ich will zwar nur tanzen, keinen vergewaltigen, nicht mal flirten, aber gut – Liebe verpflichtet!

Schnell verlassen wir diesen Ort, denn einfach nur herumstehen und zusehen, wie andere ihrer (beziehungsweise meiner) Leidenschaft frönen, macht mich kirre! Zu meiner Verteidigung muss ich anführen, dass ich als Jugendliche eine Zeit lang im Turniertanz aktiv war. Sparte: Lateinamerikanische-Tänze. Das hinterlässt Spuren, Automatismen und Sehnsüchte.

Im trendigen Italienischen Pavillon gehen wir einen hervorragenden Kaffee trinken, das beruhigt meine Nerven. Es ist zwar die falsche Reihenfolge, aber plötzlich knurren die Mägen und wir ordern uns einen extrem appetitlichen Vorspeisenteller für zwei. Dazu zischen wir einen sieben Jahre alten, tiefroten, vollmundigen Barolo. Bei der astronomischen Rechnung fliegt uns fast die Hutschnur weg. Nach dem mediterranen Schockmoment steuert mein Mann zielstrebig den Norwegischen Pavillon an. Ein kleines Teufelchen flüstert mir etwas ins Ohr.

„Weißt du, der Norden interessiert mich nicht so. Ich bleibe einfach hier auf dieser Parkbank sitzen und genieße ein bisschen die Sonne, okay?"

„Na gut, wenn du meinst. Das macht dir auch wirklich nichts aus?"

„Nein, nein. Bin satt und rundum glücklich."

„Das kann eine halbe Stunde dauern oder länger, bist du dir sicher?"

„Ganz sicher, ja. Du weißt doch, ich Weißkäse sonne mich gern."

„Also gut, bis dann. Küsschen."

„Küsschen."

Kaum ist mein Gatte um die Ecke, pese ich los. Die Plaza Latina ist gar nicht so weit weg. Ich stelle mich an der Tanzfläche in Position, fünf Sekunden später schwebe ich im siebten Himmel. Ach, macht das Spaß, sinniere ich hingerissen. Zuerst eine Rumba, dann ein Cha-Cha-Cha, boah, da komme ich glatt ins Schwitzen. Mit dem nächsten Tänzer lege ich eine flotte Samba aufs Parkett. Mit dem dritten Salsa und Merengue. Es ist einfach fantastisch! Ich fühle mich frei wie ein Vogel, die Welt dreht sich und wir uns mit ihr. Tanzt du gerne? Dann kannst du das sicher nachempfinden. Alle anderen halten mich jetzt eventuell für ein ganz böses Mädchen. Das schlechte Gewissen stürzt sich tatsächlich auf mich, aber erst, nachdem mein Blick auf die Uhr fällt. Um Himmels willen, die halbe Stunde ist längst herum. Ich sage hektisch „lo siento" und mache mitten im Merengue einen Abgang à la Aschenputtel. Mein Tänzer schaut mir ganz bedröppelt hinterher. In letzter Sekunde hechte ich zurück auf die Parkbank, als auch schon mein Gatte um die Ecke kommt und begeistert von Norwegen berichtet. Bald fragt der Gute besorgt: *„Und du? Alles in Ordnung? War dir so allein nicht furchtbar langweilig?"*

„Nein, nein."

„Wirklich nicht?"

„Wirklich nicht."

Wir holen uns ein Eis und ich schlage ihm unterwegs den Tschechischen Pavillon vor. Der absolute Geheimtipp, wie mir einer meiner Tanzpartner erzählte. Was genau dort ausgestellt wird, das habe ich nicht verstanden. So gut ist mein Spanisch leider noch nicht. Trotzdem klang es unglaublich spannend. Ich flunkere also, ich wolle unbedingt in den Tschechischen Pavillon, weil mein Vater in Prag zur Welt gekommen ist. Mein Mann findet das sehr verständlich – er ist so lieb! Das Schicksal hält es offensichtlich für eine Unverschämtheit, dass ich diesen freundlichen Menschen angeflunkert habe, denn das, was nun folgt, kann ohne weiters als Racheakt höherer Mächte bezeichnet werden. Im besagten Pavillon herrscht allgewaltiges Tohuwabohu. Eine riesige Menschentraube drängelt sich wie eine Herde Schafe vor einen relativ großen Monitor, der

einem Ölgemälde gleich an einer künstlich aufge-
stellten Wand prangt.

„Was gibt's denn da zu sehen?", frage ich ein Mädchen
neben mir.

„Das ist ein Orakelprogramm", erklärt sie aufgeregt,
*„du gibst einfach deine Daten ein und es spuckt dir aus,
wer oder was du in tiefster Vergangenheit gewesen
bist."*

„Wow, da bin ich dabei!", jauchze ich vergnügt,
packe meinen Mann am Arm und zerre ihn durch die
Massen. *„Was glaubst du denn, wer du gewesen sein
könntest?"*, will mein Göttergatte wissen.

„Na mindestens Kleopatra, das ist doch klar!"

Schon sehe ich mich in einem prächtigen Gewand, mit
pechschwarzer Perücke und eindrucksvoll geschminkten
Augen auf einem güldenen Thron sitzen. Wahrscheinlich kommt der manische Höhenflug vom
strahlenden Erfolg auf der Plaza Latina, vielleicht aber
auch von dem Mojito, den ich zwischen Samba und
Salsa hinuntergekippt habe. Jedenfalls sage ich es so
laut, dass alle Anwesenden plötzlich schweigen, dann zu
tuscheln beginnen und uns tatsächlich Platz machen.
Eine Blondine flüstert giftig: *„Angeberin! Die denkt
wohl auch, die wär's!"* Na klar, wirst es schon sehen,

denke ich wütend und hacke rasch meine Daten in die Tastatur. Was mit denen später so alles geschehen könnte, schietegal (Datenschutz 2000, was ist das?).

Im Raum ist es mucksmäuschenstill, wie gebannt starren alle auf den Bildschirm. Es dauert geschlagene drei Minuten bis sich etwas tut. Mein Mann und ich diskutieren gerade, welche große und mächtige Königin ich noch gewesen sein könnte, die von Saba vielleicht? Da erscheint das Bild meines ehemaligen „Ich", erst etwas verpixelt, schließlich glasklar. Au Backe! Groß und mächtig war ich in der Tat. Die Frau auf dem Monitor wiegt mindestens 200 Kilo, ihre Zähne sind faulig, die Haare fettig und die löchrige Kittelschürze starrt vor Dreck. In ihren grobschlächtigen Händen hält sie jeweils ein Bündel dicker Knackwürste. Den zeitlichen Kontext, in den sie eingebunden ist, schätze ich auf frühes Mittelalter.
„Das ist eine Bauersfrau, ein ordinäres Marktweib! Von wegen Königin, ich lach mich tot!", die freundliche Blondine deutet mit ihrem Zeigefinger auf mich und kreischt vor Vergnügen.

Ich räuspere mich und sage aufgeräumt: *„Also die Würstchen, die finde ich gut!"*

Ein Sturm bricht los. Gelächter tobt durch den Raum und die Blondine, Mann o Mann, die kommt gar nicht mehr runter von dem Trip. Das Blöde ist, unter meinen Vorfahren mütterlicherseits befinden sich tatsächlich jede Menge Bauern, Pferdehändler und Mägde. Wie konnte der Computer das wissen? Ob hinter der Wand einer sitzt, der hellsehen oder sich in standesamtliche Akten und Archive hacken kann? Das Schicksal herauszufordern ist bekanntlich keine gute Idee. Jetzt habe ich wieder etwas gelernt. Beim nächsten Anflug von Größenwahn, halte ich einfach meine Klappe. Ein Gentleman genießt und schweigt, heißt es nicht so? Das sollte eine Lady schließlich ebenfalls fertigbringen. Der Drucker spuckt das Bild für mich aus. Herzliches Dankeschön, an diesen Moment will ich mich sicher gerne und oft erinnern – die Freude ist groß!

Die Freude wird noch viel größer, als sich Dutzende von Menschen nach dem Expo-Besuch an einem der Ausgänge sammeln, um dort auf den Shuttlebus zum Bahnhof zu warten. Einige haben Ghettoblaster dabei, lassen heiße Latin-Musik laufen und beginnen zu tanzen. Wahnsinnig toll, so eine spontane Tanz-Session unter romantischem Sternenhimmel. Genau mein Ding!

Ich versuche, die Blamage von vorhin zu vergessen und wiege mich summend im Takt. Dumm nur, dass sich plötzlich einer der Latin-Tänzer vor mir aufbaut und zornig fragt, warum ich ihn einfach auf der Tanzfläche stehen ließ. Und das, wo er mir sogar einen teuren Cocktail ausgegeben hatte. Die Stirn meines Mannes runzelt sich. Erwischt!

Preisgekrönt peinlich

Radio FFH sendet im Sommer 2005 folgenden Aufruf an alle Hörerinnen und Hörer: *„Achtung, wir suchen die peinlichste Geschichte Hessens!"* Na die können sie haben, denke ich.

Mir ist wieder einmal etwas total Schräges passiert. Ich rufe beim Radiosender an und erzähle ihnen von meinem Erlebnis. Die beiden zuständigen Moderatoren lachen sich scheckig und bitten mich dringend um Teilnahme. Die Radio-FFH-Fans würden mit Sicherheit kopfstehen. Gesagt, getan, gewonnen. Hier meine Geschichte:

Es ist früh am Morgen, viel zu früh. Irgendwann zwischen vier und fünf. Mein jüngster Spross sitzt quietschfidel im Kinderstuhl und trommelt mit seinem Löffel lustige Lieder darnieder. Ich klammere mich, noch halb im Koma, an der Tischkante fest. *„Mamam"*, befiehlt der stramme Bub und schlägt mit der flachen Hand so hart aufs Holz, dass die Krümel vom Abendessen lustig auf und nieder hüpfen. Ein Kaffee hätte vielleicht geholfen, doch mir fehlt die Kraft, ihn zu kochen. *„Mamam!"* Mein Kleiner lässt nicht locker und beißt mir herzhaft in den Finger. Armes Kind, was bleibt ihm übrig? Er zuckelt, spuckt, holt ganz tief Luft und haut klar, deutlich und korrekt das Wort *„Salami"* heraus. Ein süßes Licht bohrt sich durch mein Herz. Der Mutterinstinkt erwacht und somit auch Teile des Resthirns einer penetrant Schlafsüchtigen. Mein Sohn kann von jetzt auf gleich Salami sagen. Wahnsinn!

„Salami, mamam, Salami!" Sirenenartig wird mir das neu entdeckte Wort um die Ohren gedroschen. Erfolgreich! Die gerührte Mama setzt ihre müden Knochen in Bewegung und zaubert einen großen, würzig duftenden Salamiring aus dem Vorratsschrank. Noch komplett jungfräulich. Allerdings ist kein einziges

sauberes Messer in Sicht, um ihn anzuschneiden, bloß Berge von dreckigem Geschirr. Schlampenmama – schäm dich, schimpft die gute Kinderstube. Schulterzuckend greife ich nach dem scharfen Tranchiermesser und setzte der strammen Wurst gehörig zu. Mein Kleiner lutscht und kaut begeistert auf den leckeren Scheibchen herum, als die Nachbarskatze Mizi den Gang hinauf maunzt. Anscheinend hat die Uschi von untendrunter vergessen sie rauszulassen. Das arme Tier steht hilflos im zugigen Gang. Mir kommt eine nette Idee:

„Süßer, weißt du was? Wir holen uns die Mizi zum Spielen hoch. Na, was sagst du? Wir holen die Miao, mio?" Mama beginnt zu miauen und Sohnemann kapiert. Begeistert klatscht er in seine wurstverklebten Händchen. Ich hebe ihn vom Stuhl und schon tapst er Richtung Treppe. *„Warte mal!"*, rufe ich und schnappe mir den Teller mit den Salamischeibchen. *„Irgendwie müssen wir die Mizi ja in unsere Wohnung locken."* Dummerweise habe ich das große, megascharfe Messer darauf vergessen.

Wir schleichen uns die Treppe zum Gang hinab. Die Uschi soll möglichst nichts hören! Sicher wäre ihr das überhaupt nicht recht, ihre Katze in unserer Wohnung zu wissen, denn wir mögen uns nicht besonders. Ehrlich gesagt, sind wir spinnefeind. Einmal habe ich ihr mit Prügel gedroht, wenn sie ihre Selbstgedrehten nicht aus unserem Garten räumt.

„Wenn mir mein Kleinkind mit einer Kippe im Mund entgegen wankt, dann schwöre ich dir, gibt's eine auf die ...", soviel zu den zivilisierten Worten einer studierten, liebenden Mutter.

Ich öffne unsere Wohnungstür und beuge mich zu Mizi in den Gang hinab. Neugierig schnuppert das Kätzchen am Teller und ihr gleich darauf einsetzendes Schnurren ist wirklich herzallerliebst. Sie ist das ganze Gegenteil ihres Frauchens – die hat noch nie geschnurrt. Vielleicht sollte ich ihr auch einmal ein Salamischeibchen unter die Nase halten, überlege ich. Ups, da geschieht es! Das Tranchiermesser fällt klappernd in den Gang und landet direkt vor Uschis Wohnungstür. Seufzend stelle ich den Teller hinter mich auf die Treppe und bücke mich, das Messer aufzuheben. Just in diesem Augenblick öffnet Uschi ihre Tür. So nah sind wir uns noch nie gewesen. Nach ein oder zwei Sekunden des Begreifens spiegelt ihr Blick blankes Entsetzen wider. Du musst dir vorstellen, wie ich dastehe. Wirres, ungekämmtes Haar. Blass wie der

Tod. Mit rot geäderten, durchnächtigten Augen. In Bademantel und Schlappen. In der Hand ein monumentales, superscharfes Messer – von Angesicht zu Angesicht! Uschi denkt, ihr letztes Stündlein hat geschlagen. Grundgütiger, denke ich und bin plötzlich hellwach. Schon reißt Uschi entsetzt Mund und Augen auf.

„Aber nein! Uschi, keine Angst! Ich wollte doch bloß die Katze ...", stottere ich, drehe mich um und zeige mit dem Messer in Mizis Richtung. Mit einem wilden *„Mizi-Mizi"*-Aufschrei schnappt sich Uschi ihr Haustier, hechtet zurück in die Wohnung und schlägt die Tür so heftig zu, dass der Rahmen wackelt. Ich trommele feste dagegen. *„Uschi, Uschi, lass mich rein, bitte, so lass dir doch erklären ...!"* Keine Reaktion. Nur das Klicken, als die Sicherheitskette einhakt. Okay, wen wundert's? Ich hätte mir auch nicht aufgemacht.

Silvester-Knaller

Silvester – allein das Wort riecht nach Glamour, Fun und einem unvergesslichen Event. Wir haben Karten für das Nationaltheater Mannheim besorgt und freuen uns auf „Die Fledermaus" von Johann Strauss. Die Kinder sind fröhlich bei den Großeltern geparkt, heißt, sturmfreie Bude. Mama und Papa gelüstet es vor dem Ausgehen nach feudaler Zweisamkeit. Doch was gut gelaunt mit einem Sektchen vor dem Schminkspiegel beginnt und schelmisch im Schlafzimmer weitergeht, mündet in Hektik, gegenseitigen Vorwürfen und gräulichem Gekeife. Die Zeit ist plötzlich unglaublich knapp. Wer hat an der Uhr gedreht? Wie immer sind wir viel zu spät. Ich will mich heute besonders schick machen, schließlich ist Silvester und nicht der Geburtstag von Onkel Hanswurst. Hautenger, rotchangierter Taftrock mit Schleppe. Dazu ein Spitzenoberteil mit eleganten silbernen Abendhandschuhen. Silberohrringe, feine Nahtstrümpfe, Stiefeletten mit schlankem Silber-Absatz sowie eine Federboa der Marke: „Wenn schon, denn schon." Haare kreativ aufgetürmt, dramatisches Make-up. Das Resultat ist ein angemessen anrüchiges Gesamtkunstwerk. Das dauert eben. Vor allem, wenn ‚frau' mittlerweile weit über 40 ist, aber nicht so aussehen will (dazu später mehr!).

Endlich schön, ergo startbereit, hängt leider der Haussegen schief. Unseren Oldtimer juckt das nicht, er surrt gar feurig über die B 45 in Richtung Mannheim. Mein Liebster gibt Gas. Solche Geschwindigkeiten werden dem Oldie selten abverlangt, doch er scheint sich zu freuen. Ich freue mich allerdings überhaupt nicht mehr, denn wenn wir nicht 100%-tig pünktlich sind, werden sie uns erst im zweiten Akt hineinlassen. Bei Silvesterpreisen wäre das sehr ärgerlich. Stressbedingt kommt es zu unschönen Diskussionen.

„Was musst du auch so lange das Bad blockieren? Hättest du dir die Klamotten nicht schon gestern zurechtlegen können? Wieso hast du mir nicht gesagt, dass es schon um sieben losgeht? Wieso brauchst du so lange vor dem Spiegel, das hast du doch gar nicht nötig ..." Männer – die haben einfach keine Ahnung! Jede Frau dagegen weiß, dass ein natürlich schönes Aussehen Stunden braucht! In Mannheim haben wir rote Welle und der Parkplatz vor dem Theater platzt aus allen Nähten. Langsam, aber sicher spüre ich, wie sich eine meiner besten Freundinnen nähert: Die Hysterie!

„Lauf vor und check schon mal ein!", ruft mein Göttergatte.

Ich winde mich wie eine Nixe auf dem Trockenen aus unserem ehrwürdigen alten Schiff heraus und stöckele los, die Handtasche drohend im Anschlag.

Vor der Tür wird mein Stöckelsprint just gestoppt, denn wegen der Karten muss ich auf den Gatten warten – Himmel hilf! Sie befinden sich beide in meiner Handtasche! Endlich kommt mein Mann und wir sprinten durch den Einlass zur Garderobe. Niemand ist mehr zu sehen, alle sitzen schon entspannt und voller Vorfreude auf ihren Plätzen. Nur wir zwei Doofis stressen noch im Parterre herum. Na bravo, jetzt muss ich Pipi. Es hilft ja nichts! Ich eile zur Toilette und zwänge mich brutal aus meinem Rock heraus und wieder hinein. Nachdem auch dies bewältigt ist, eilen wir Dutzende von Stufen hinauf und werden in letzter Sekunde von einer vorwurfsvoll blickenden Hostess hineingelassen. Was für ein Theater! Volles Haus und – wir haben es so gewollt – unsere Plätze befinden sich genau in der goldenen Mitte. Nun hätte ich mir dafür in den A… beißen können, doch dann wäre zweifelsohne der Rock geplatzt. Der feine Stoff scheint im Sekundentakt enger zu werden, ebenso mein Hals. Die braven Menschen, welche in unserer Reihe sitzen, stehen auf, so wie es sich gehört. Alle, bis auf einen. Der Erste, ganz vorne am Rand. Er ist groß und schlank, trägt einen schicken sandfarbenen Anzug, einen dunklen Vollbart und besitzt hübsche hellbraune Augen. Outfit gut, Manieren schlecht. Angriff!

„Ja spinnt denn der", knurre ich, *„soll ich etwa über seine Beine klettern?"* Ich woge wütend auf ihn zu und stiere ihn an. Demonstrativ! Gott allein weiß, warum keine Flammen aus seinen Backen schlagen. Er blickt hektisch in der Gegend herum, rührt sich aber keinen Millimeter von der Stelle. Totenstille, alles starrt uns an. Ich verfluche mein opulentes Outfit und würde ein Königreich für einen schlichten „Graues-Mäuschen-Look" geben. Volles Haus im großen Saal.

Ich weiß es genau. Hunderte Menschen denken von mir: Geschieht der recht, der aufgemotzten Takeltussi! Boah, das ist hart! Wieso, um Himmels willen, stehen alle brav bereit, uns vorbeizulassen, nur dieser sture Bock rührt sich nicht vom Fleck? Ist der blöde? Will der Streit? Ist das vielleicht ein Attentäter? Könnte ja sein, bei dem üppigen Bartwuchs! Heiligs Blechle, jetzt hege ich auch noch Vorurteile! Da kriecht etwas sehr Hässliches meine Kehle hoch, es macht dodong-dodong-dodong und mir platzt der nicht vorhandene Kragen. (Immerhin besser als der Rock.)

Klassischer Fall von: „Erbarmen − zu spät, die Hesse komme!" Die Rodgau Monotones wussten, von was sie singen.

151

Sämtliche Anwesende vernehmen nun kristallklar mein zorniges:

„Hey Sie Brot, wenn Sie nicht SOFORT aufstehen, dann hacke ich Ihnen mit meinen Absätzen volle Kanne auf die Quanten, kapiert? "

Das letzte Wort entschwindet meinen Stimmbändern in schwindelerregenden Höhen. Entsetzt blickt mich der Angesprochene an und die Dame neben ihm ruft verzweifelt:

„Oh, bitte nicht, mein Mann ist schwerbehindert! "

Zwischenwort

Älter werden ist besch...eiden! Wie ich darauf komme? Peinliche Erfahrungen, deren Ursache auf dem Verlust praller, unverbrauchter Jugend gründet, zwingen mich zu folgender Feststellung: Älter werden ist nicht nur bescheiden, es kann auch blamabel sein! Ich möchte an dieser Stelle betonen, dass mir sehr wohl bewusst ist, nur für mich selbst sprechen zu können. Einigen Mitmenschen mag es anders ergehen. Jenen, meine ehrliche Bewunderung und herzlichen Glückwunsch! Für euch, die sich mir diesbezüglich emotional verbunden fühlen: Herzlich willkommen im Club! Es ist schön, nicht allein damit zu sein.

Es traf mich wie der Blitz, erkennen zu müssen, dass auch eine optimistische und lebensfrohe, moderne, emanzipierte, studierte, sportlich und künstlerisch aktive Frau, ab der zweiten Lebenshälfte, aufgrund ihres fortgeschrittenen Reifegrads in unglückliche Situationen geraten kann. Vor allen Dingen, weil ‚frau' nicht nur sorgfältig für die Pflege ihrer Seele und des Geistes, sondern auch für ihr physisches Erscheinungsbild Sorge getragen hat.

An diesem flotten Dreier würde sie gerne lebens-
länglich festhalten. Ich weiß, nur eine Minderheit
meiner Schwestern kann sich an besonders gnädigen
Genen erfreuen oder ihre Jugend künstlich verlängern.
Dank toller Erfindungen, wie etwa Hyaluronspritzen,
speziellem Ultraschall, Fadentechnik, Operationen und
so weiter und so fort, ist vieles machbar. Doch das
Geschäft mit der verlängerten Jugend (die „Ewige"
streichen wir gleich) ist bekanntlich nicht das Billigste.
Nun, es bestünde selbstverständlich die Möglichkeit,
sich einen Schönheitschirurgen zu angeln. Am
praktischsten wäre es, ihn (oder sie) an die eheliche
Kette zu legen. Doch erstens sind diese begehrten
Subjekte nicht so einfach aufzutreiben und zweitens,
die reichen nicht für alle!
Ich bin nicht mit übermäßigem Reichtum gesegnet,
kann mir also keine verlängerte Jugend kaufen.
Weiterhin bin ich glücklich verheiratet, womit das
Angeln gar nicht erst infrage kommt. Das Rad der Zeit
dreht sich unaufhaltsam weiter. Die Natur ist wie sie
ist und es empfiehlt sich dringend, diese Tatsache mit
Würde und Anstand hinzunehmen. Basta! Die vernunft-
begabte Frau von Welt wird sich, ohne mit der Wimper
zu zucken, dieser Herausforderung stellen. Anscheinend
liegen meine Begabungen woanders.

Obwohl ich bisher vehement gegen die Verschleierung der Frau gewesen bin, beginnt diese Möglichkeit auf mich, im Angesicht des ungeliebten Alterungsprozesses, unverhofft Vorteile zu bieten. Dank der Maskenpflicht während der unsäglichen Coronavirus-Pandemie war ich imstande, eine diesbezügliche Feldstudie zu betreiben. Fakt ist, als ich Maske trug, fiel ich schlagartig wieder ins Beuteschema der Marsmännchen. Du erinnerst dich? Chris Evatt sagte einst so treffend, Männer seien vom Mars, Frauen von der Venus. Früher bekam ich viele Komplimente wegen meines Aussehens („Ach, ist das ein schönes Mädchen") und wurde regelmäßig nach der Telefonnummer gefragt oder gleich um ein Date gebeten. Das war wirklich nett, und, was soll ich lügen, natürlich ein Goodie fürs Selbstbewusstsein. Auch wenn ich nach der Hochzeit alle Annäherungsversuche ablehnte, Spaß hat es trotzdem gemacht. Die Zeit ist leider eine brutale Spaßbremse! Seit einigen Jahren bekomme ich vor allem Komplimente wegen meines coolen Oldtimers („Ach, ist das ein schönes Auto") und werde regelmäßig um dessen Abverkauf gebeten. Viele fragen nach dem Baujahr, mein eigenes wollen die Chauvis gar nicht erst wissen. Ein Auto darf alt sein, eine Frau nicht – Sauerei!

Dieses Problem löste sich beim Tragen der Maske schlagartig in Luft auf. Plötzlich wurde ich nach beidem gefragt. Manchmal verwechselte ich die Daten (mein schöner Oldie ist Baujahr 82). Kann doch passieren, oder? Was? Du meinst, ich verarschte mich selbst? Ach was, ich verarschte die Marsmännchen. Mache ich heute noch gern, falls sich die Gelegenheit bietet. An dieser Stelle zitiere ich am besten den guten alten Roberto Blanco: „Ein bisschen Spaß muss sein!"

Wieso ich dieses Thema so penetrant auswalze? Meine Erfahrungen damit sind sehr eindrücklich, um es gelinde auszudrücken, denn in folgende unangenehme Situationen konnte ich bloß unverhüllt geraten.

Autsch oder sie wissen nicht, was sie tun

Im Supermarkt an der Kasse. Da stehe ich. Von oben bis unten gepflegt, enthaart, geschminkt, gestylt, fühle mich attraktiv und pudelwohl in meiner Haut. Kaufe noch rasch ein Mitbringsel für die anstehende Sommerparty bei Freunden. Vor mir stehen zwei maximal neunzehnjährige Handwerksburschen. Die Kassiererei dauert und dauert. Die beiden Jungs lächeln, ich lächele zurück. Wie süß, denke ich, könnten meine Söhne sein und zwinkern mich so goldig an. Schwuppdiwupp fühle ich mich gleich noch ein bisschen attraktiver. Eine zweite Kasse wird geöffnet. Einer der beiden jungen Männer, ein Blonder mit frechem Kurzhaarschnitt, dreht sich zu mir um, schwenkt in wahrer Musketier-Manier galant seinen Arm und bittet mich vor. Ich danke entzückt und fühle mich ganz wunderbar, bis er sagt: *"Gehen Sie ruhig vor, **wir** sind ja noch jung, **wir** haben Zeit"*!

Was man schwarz auf weiß besitzt ...

Unser großartiger Johann Wolfgang von Goethe war ein Marsmännchen, behaupte ich. Wie sonst hätte dieser kluge Kopf dem Irrtum erliegen können: *„Was man schwarz auf weiß besitzt, kann man getrost nachhause tragen?"*
Ich liebe Ausflüge mit den Kindern. Die Sonne scheint, und die Temperaturen verführen uns zum fröhlichen Planschen. Nachdem ich mit unseren beiden Rackern

im Schwimmbad gewesen bin, krame ich zuhause in meiner Handtasche herum. Da fällt mir eine der Eintrittskarten in die Hände. **Senioren ermäßigt** steht darauf. Geschockt schubse ich dem Gatten in die Seite und beschwere mich bitter: *„Boah, guck doch mal, das gibt es doch gar nicht? Ich bin doch erst Anfang vierzig. Soweit ist es schon!"*

Mein Göttergatte, wie immer, ganz locker: *„Ach Schatz, das ist bestimmt eine der Ermäßigten-Karten für die Kinder. Manchmal stehen Senioren und Kinder zusammen auf Eintrittskarten, weil für sie gleiche Preise gelten."*

„Ach so, na dann." Mir fällt ein Stein vom Herzen. Mein Mann ist ein Schatz! Beruhigt krame ich weiter, da stoße ich auf die beiden anderen Eintrittskarten. Auf ihnen steht: **Kinder ermäßigt**. Von wegen *„... kann man getrost nachhause tragen"*, untröstlich werfe ich die Karten aus dem Fenster und fange an zu schimpfen.

Mein Mann grinst und spricht: *„Na ja, Goethe hat nicht umsonst gesagt, ich zitiere: ... kann **man** ..."*. Jetzt fliegt der Alte hinterher.

Pädagogik oder Kinderglück?

Mein Jüngster will bei der heimischen Kerb unbedingt eine größere Spielzeug-Schusswaffe erwerben. Die Auswahl an Plastikpistolen und Plastikgewehren ist enorm, Mama ist entsetzt. In meiner Kindheit bestand das Kerbebuden-Sortiment vor allem aus netten Stofftieren, Püppchen, Losen, Plastikblumen, Glitterkram, Spielzeugautos, Musikinstrumenten aus Plastik oder Blech, Holzschildern und -schwertern sowie sonstigem harmlosen Klimbim. Seit einigen Jahren aber werden täuschend echt aussehende Schusswaffen feilgeboten. Die AK 47 ist im Augenblick total hip und cool, erläutert mir mein Söhnchen ernsthaft. *„Will haben!"*, glänzt es in Leuchtschrift auf der süßen Stirn.

„Ist die AK 47 nicht schon uralt? Das ist doch diese Kalaschnikow, oder?", frage ich erstaunt und muss an die unzähligen Actionfilme denken, die ich in meiner Jugend reihenweise konsumiert habe. Das war in den 80ern. Lang ist's her!
„Mama, echt jetzt? Die AK 47 ist nur eine Modellvariante der Kalaschnikow, da gibt es viele", klärt mich mein Grundschulkind auf.

Ich gebe zu, dass ich heute noch auf Actionfilme stehe. Aber vor mir steht ein Kind! Noch dazu mein Kind! Ich trage nicht bloß das Popcorn, die Cola und die Bratwurst, sondern auch die Verantwortung.

„Die ist total krass! Du weißt das nicht!"

Stimmt, Mama weiß das nicht. Aber woher weiß das mein kleiner, lieber Bub? Ob er beim Großen am PC oder an der PS-4 mitgucken durfte? Den werde ich mir zuhause gleich vorknöpfen. Der Sohnemann lässt sich keinen Millimeter von dem Stand weglotsen. Nicht einmal, als ich die Preise beklage. Das Zeug ist schweineteuer! Der schlaue Junior hält sein komplettes Erspartes in der Hosentasche parat, offenbar hat es sich rumgesprochen. Er lässt meine Argumente nicht gelten.

„Oma und Opa haben gesagt, ich soll mir etwas kaufen, was mir Freude macht! Ist es nun mein Geld oder nicht? Darf ich mich freuen, oder darf ich es nicht?"

„Ja, natürlich ist es dein Geld und du darfst dich freuen, aber ..." Aber, gilt nicht! Das Sturmgewehr kommt in die engere Wahl, over and out! Der listige Verkäufer erfüllt meinem Sprössling den hitzigen Wunsch, das Objekt der Freude aus der Verpackung nehmen zu dürfen. Mama ist peinlich berührt, wie

gut sich der kleine Sohnemann damit auskennt. Er vermag jedes Teil daran zu benennen und stellt gezielte Fragen nach dem Zubehör. Bei seiner versierten Handhabung des Gewehrs hätte selbst ein Chuck Norris Bauklötze gestaunt. Ich bin aber nicht Chuck Norris, nur eine verwirrte Mama. Nicht auszudenken, wenn jetzt die Uschi vorbeistiefeln würde. Jahre später erfuhr ich, dass wir ihrer Meinung nach versucht haben, ihr Kätzchen zu erschießen. Wie ich das mit einem Messer hätte anstellen sollen, weiß nur der Himmel oder Uschi selbst. Die olle Giftspritze müsste öfter Radio hören, dann wüsste sie Bescheid, wie das damals zustande kam. Macht sie aber nicht. Die pfeift sich lieber einen durch die Birne. Das Plastikgewehr würde in ihrer schrägen Fantasiewelt zu einer Gatlin Gun mutieren oder gleich zur Panzerfaust. Sie würde behaupten, ich hätte am Kerbe-Stand bei den Taliban eingecheckt – samt unschuldigem Kind! Okay, ich atme tief durch und sehe mich um. Keine Uschi in Sicht, alles gut! Jetzt heißt es cool bleiben. Schließlich bin ich als Diplom-Sozialpädagogin vom Fach. Wir haben im Studium gelernt, dass Machtgelüste und die damit verbundene Faszination für Waffen bei kleinen (und großen) Jungs in gewissen Phasen völlig normal sind.

So weit, so gut. Eine Spießer-Mutti will ich ja auch nicht sein. Sofort wittert der zahnlose, dafür äußerst aufmerksame und verkaufsversierte Standbesitzer den mütterlichen Gesinnungswandel. Innerlich zählt er schon die Scheinchen und sieht sein Produkt an den kleinen Mann gebracht. Roboterhaft rasselt er mögliche rechtliche Folgen und Verbote beim Erwerb einer solchen Plastikwaffe herunter. Zum Beispiel, dass man sich mit echt wirkenden Spielzeugwaffen nicht außer Haus bewegen darf. Verdammt, genau das war der Plan. Das Kind mit dem Teil in den in den Wald zu schicken. Der Verkäufer drückt der überforderten Erziehungsberechtigten beherzt die vom Nachwuchs begehrte Waffe in die Hand.
„He Hombre, ich bin hier nicht die Waffengei... ahem, der Waffenfreak", ereifere ich mich.
Er grinst, zwinkert vertraulich und eröffnet mir: *„Schon klar. Aber darum geht es nicht. Ich sehe ja, dass Sie, im Gegensatz zu Ihrem Sohn, deutlich über achtzehn sind. Ihnen kann ich das Ding ohne Weiteres anvertrauen, ohne mich strafbar zu machen!"* Deutlich über achtzehn! *„Dat es ävve ene fiese Möpp"*, würde meine rheinländische Freundin jetzt sagen. Mir fallen da noch ganz andere Bezeich-

nungen ein. Wie kann der das nur so unverblümt raus-
posaunen? Wo ich doch gerade mal läppische paarund-
vierzig Lenze zähle! Dem sind wohl nicht nur die
Zähne, sondern auch die Manieren abhandenge-
kommen. Ich beschwere mich bitterlich über seine
Unhöflichkeit. Der Verkäufer krault mir gönnerhaft
die Schulter (iiiih und bäh!), dabei säuselt er mir
anbiedernd ins Ohr: *„Okay, okay, Lady, ganz ehrlich,
maximal achtunddreißig – hähähä!"*

Glasklar, wie achtunddreißig sehe ich auch nicht mehr
aus. Aus und vorbei! Verdammte Hacke, her mit der
Waffe ...!

Ehrlichkeit ist (k)eine Zier

Die ebenso hübsche wie liebreizende Freundin meines
Ältesten sitzt mit uns am Esszimmertisch. Wir trinken
Kaffee, essen Obstsalat und plauschen gemütlich über
ihre Lieblingsserien. Mein Sohn kontert mit seinen
Vorlieben. Manchmal kann ich sogar mitreden, weil er
mir gerne Filmszenen zeigt und mich schon oft zum
Mitgucken eingeladen hat.

Da ich ein paar Jahre lang Kampfkunst betrieb (Wing Tai), einige Zeit sogar mit dem Spross gemeinsam, traut er mir bei Actionszenen ein professionelles Urteil zu. Das ist großartig! Sechs Stunden Training pro Woche (Art-Protection-Weapons) kann sich sehen lassen, oder? Doch es gibt bekanntlich viele verschiedene Kampfkunst- und Kampfsportarten. Ergo viele unterschiedliche Choreografien in unzähligen Filmen. Deshalb weiß ich manchmal nicht, von was er spricht und wage es todesmutig, mir die Blöße zu geben.

„Aber Mama! Das musst du doch kennen!", entfleucht es dem Junior dann jedes Mal schwer enttäuscht.

So auch diesmal, in Anwesenheit seiner Freundin. Es geht um die Netflix-Serie „Cobra Kai". *„Diese Serie musst du doch kennen, Mama. Das sind die Schauspieler aus dem Film ‚Karate Kid' von 1984. Du warst damals im Kino. Hast du mir selbst erzählt!"*

Seine Freundin ruft entsetzt: *„Was? So alt ist die schon?"*

Mein Sohn ahnt mein Entsetzen und zischt ihr etwas zu. *„Oh, Entschuldigung! Ich meinte die Serie* (was es keinen Deut besser macht). *Das ist mir ja so peinlich!"*, haspelt die Hübsche zerknirscht, aber erst, nachdem ich ihr meinen Obstsalat über den Kopf gekippt habe.

Die sprechende Handtasche

Mein Göttergatte schätzt es nicht, wenn sein angetrautes Weib auswärts weilt. Das war früher so und das ist es heute noch, obwohl die Dame des Hauses mittlerweile schon ins „knackige" Alter gekommen ist. Eigentlich süß, oder? Ich soll doch froh darüber sein, bekomme ich ständig zu hören. Einem anderen wäre das völlig wurscht. Ob ich nicht weiß, wie gut ich es habe? Ob ich etwa undankbar bin? STOPP! Gebt acht Leute, denn alles hat seinen Preis! Lest diese Geschichte. Ich kann mir vorstellen, ihr werdet eure vorwurfsvollen Worte ernsthaft überdenken.

Ein sonniger Spätsommertag. Der wolkenlose Himmel, das liebliche Vogelgezwitscher und die laue Luft laden zum Flanieren ein. Drum kommt es, wie es kommen muss. Das Männchen kehrt schwer gestresst von der täglichen Jagd nachhause zurück und die Höhle grinst ihm gähnend leer entgegen. Ohne Vorankündigung, ohne auch nur den kleinsten Hinweis auf den Verbleib des Weibchens, gerät das Männchen ad hoc in Panik. Dank der evolutionären Weiterentwicklung greift es nicht zur Keule, sondern zum Handy.

Als es Sturm klingelt, eile ich gerade die menschen-
überflutete Fußgängerzone meiner Heimatstadt in
Richtung Parkhaus entlang. Wohlwissend, dass mein
Männchen um diese Uhrzeit längst im Sechseck
springt. Hektisch wühle ich in der Handtasche herum
und kann das Sch…ding nicht finden. Da fühle ich
etwas Hartes – nicht unbedingt ein schlechter Fund! In
diesem Fall, leider doch. Der Lautsprecher meines
Handys springt an und es brüllt sogleich: *„Wo bist du*
denn? Wieso bist du nicht zuhause? Wann kommst du
endlich heim? Hast du wieder Geld ausgegeben?"

Alle in der Fußgängerzone befindlichen Köpfe sausen
synchron in meine Richtung. Verzweifelt versuche ich,
beim Rennen das blöde Handy zu erwischen, während
mein Gatte munter weiterschreit. Grinsende Gesichter
flankieren meinen Spurt, Kinder deuten auf mich, mir
wird heiß und kalt zugleich. Schließlich reiße ich die
Handtasche auf, stecke meinen Kopf hinein und schreie
zurück:
„Bist du mal still! Ich bin unterwegs, der Lautsprecher
ist an!"
„Na dann mach ihn doch aus und komm endlich
heim."
„Ich finde das Handy nicht, die gucken alle schon."

„Hä? Aber du sprichst doch mit mir und wer guckt denn da? Wo bist du eigentlich? Was machst du überhaupt?"

„Hahaha, Mama guck doch mal, die Frau da spricht mit ihrer Handtasche," schreit ein Kindergartenkind begeistert, *„ist die irre?"*

„Völlig balabala", bläst eine blau-grün gefärbte Jugendliche mit ins Horn und beißt in ihren Döner. Gemeinheit, ich wollte auch einen essen!

„Bestimmt Hormonschwankungen", höhnt ihr aufgepumpter Freund und wiehert vor Lachen. Sein Hund bellt und geifert, offenbar ist er derselben Meinung. Da mein Kopf schon wieder in der Tasche steckt, trete ich dem armen Tier blindlings auf die Rute. Es jault kläglich und beißt mir in den Stiefel. Zum Glück hält der was aus. Der Stiefel und der Hund. Sein Herrchen beschimpft mich wütend als *„gemeingefährlich"* und *„völlig durchgeknallt"*, obwohl ich tausendmal um Entschuldigung bitte.

„Bist du etwa im Tierheim?", zischt es aus der Handtasche. *„Du kannst es wohl nicht lassen? Ich will keine Töle, das weißt du ganz genau, verdammt nochmal!"*

„Ich bin in der Stadt und das ist keine Töle, sondern ein herziger, süßer Hund", heule ich in die Tasche und versuche verzweifelt, meinen Unterschenkel aus dem knurrenden Sabbermaul herauszuzerren. Irgendjemand hat Mitleid mit mir und hält dem zotteligen Beißer eine angekaute Bratwurst vor die Schnauze. Es funktioniert, die ist offenbar interessanter als ich. Kein Wunder, bin ja auch schon knackig!

„Wenn du sowieso schon unterwegs bist, kauf mal noch Kondome. Wie ich gerade sehe, hast du schon wieder die Pille vergessen."

Herzliches Gelächter ist mir sicher. Na vielen Dank auch!

„Für was braucht 'n die noch die Pille?", mobbt mich ein junges Mädchen aus der gaffenden Menge heraus.

„Wahrscheinlich ist es Psychopharmaka und die erzählt ihrem Alten bloß, dass es die Pille ist", antwortet ihre Freundin rotzig.

„Naja, es heißt ja nicht umsonst, die Hoffnung stirbt zuletzt!"

Die beiden gackern wie die Hühner. Ich schlage einen Haken und trampele den Chicas kräftig über die rosa lackierten Krallen. Sie kreischen hysterisch. Eine Gruppe Halbstarker findet das total lustig, mein Göttergatte nicht.

„Wer plärrt denn da so? Gib's zu, du bist auf der Kerb! Hast du was gezischt?"

Ein wahrer Spießrutenlauf! Überall ertönt Prusten und Gelächter. Endlich kommt das Parkhaus in Sicht. Damals, bei den ätzenden Bundesjugendspielen in der Schule, bin ich nie auch nur halb so schnell gewesen. Irgendwie schade eigentlich! Mein Männchen fängt schon wieder an zu meckern. Nicht auszuhalten!

„Sei doch endlich still!", brülle ich in die Tasche. Kurz vor dem Nervenzusammenbruch haste ich weiter und knalle mit Schmackes gegen die Parkhaustür. Zum Glück dämpft die Handtasche den Aufprall. Eine nette Männerstimme fragt besorgt: *„Hallo? Ist Ihnen etwas passiert?"* Sofort blökt es durch Gutscheine, Parfümpröbchen, Kosmetika, Schlüssel, Taschentücher und Kaugummipäckchen hindurch: *„Wer ist der Mann da bei dir? Betrügst du mich etwa?"*

„Ein Loverboy würde mich wohl kaum siezen, oder?"
„Du kommst jetzt sofort nach Hause!"

Am besten, ich mache jetzt eine auf Vogel Strauß und lasse den Kopf in der Tasche stecken. Doch wie soll ich so mein Auto finden? Da reißt mir jemand die Tasche vom Schädel – meine Freundin Lene, dem Himmel sei Dank!

„Was treibst du da eigentlich?", fragen sie und mein Gatte in der Tasche gleichzeitig. Er beginnt schon wieder zu schimpfen. Lene stutzt, ist kurz verblüfft, dann zählt sie eins und eins zusammen und bricht in heftiges Gelächter aus.

„Bescheuerte Damenhandtaschen! Nie findet man etwas, oder?"

Beherzt greift sie zu, fischt mein auditiv höchst präsentes Männchen aus der Tasche und stellt es aus. Der Bann ist gebrochen. Die Gaffer gehen weiter und wir einen trinken.

Prost!

Nachwort

Der Mensch ist ein Gewohnheitstier, heißt es. Viele von uns könnten das sofort unterschreiben. Doch wie alles im Leben, so birgt auch die Gewohnheit Vor- und Nachteile. Gewohnheiten können uns geistig und körperlich tierisch ausbremsen, sie können uns aber auch Halt geben und stärken. In meinem Vorwort steht: „Meiner Erfahrung nach lauert die Chance zur Blamage überall." Ob ihr im Laufe eures Lebens ähnliche Erfahrungen machen musstet, kann ich natürlich nicht wissen. Trotzdem bin ich fest davon überzeugt, dass es kaum jemand verhindern kann, ab und an in peinliche Situationen zu geraten. Die besonders Hartgesottenen unter uns blenden das möglicherweise aus oder lassen sich nicht weiter davon jucken. Diese Coolness ist leider nicht allen Menschen beschieden. Aber – und hier ist Gewohnheit klar von Vorteil – selbst wenn das Schicksal total heiß darauf zu sein scheint, sich immer wieder neue Peinlichkeiten für uns einfallen zu lassen, reift irgendwann eine Art Gewissheit heran, auch diese irgendwie meistern zu können. Eine weitere uralte Weisheit ploppt auf: „Was mich nicht umbringt, macht mich stark!" Darüber hinaus haben wir:

1. genügend Stoff zum Grübeln, damit uns ja nicht langweilig wird,

2. immer etwas zur Unterhaltung beizusteuern, damit den anderen nicht langweilig wird,

3. durch den Peinlich-Run-Effekt eine Art selbstregulierendes Druck-Ablass-Ventil.

Es liegt an unserer persönlichen Sichtweise, in unserer Verantwortung, das Beste daraus zu machen, denn es wird nie aufhören! Der weise Herr Goethe schrieb vor langer Zeit: „Auch aus Steinen, die einem in den Weg gelegt werden, kann man Schönes bauen."

Ich habe es mir zu Herzen genommen und aus einigen der mir zugedachten Steine dieses Büchlein gebastelt. Nicht unbedingt schön, doch ich hoffe, ich konnte euch damit ein paar amüsante Augenblicke zaubern.

Danksagung

Monumentaler Dank gebührt meinem Ehemann Michael. Er wurde weder zum Einsiedler, noch reichte er die Scheidung ein, obgleich ich dieses peinliche Büchlein veröffentlichte und damit unter anderem auch einige delikate Geschichten von uns preisgab. Das sagt schon alles, oder? Ich fühle mich sehr geliebt!

Lieben Dank meiner wunderbaren Freundin Anja Metz, welche sich als Erste mein heikles Werk einverleibt und dabei halb totgelacht hat. (Zum Glück nicht ganz, das wäre äußerst schade gewesen!)
Weiterhin danke ich meiner tollen, weltoffenen Patentante Gitta für ihre konstruktive Kritik sowie viele wertvolle Hinweise. Gleiches gilt für meine Autoren-Kollegin Gerlinde Richter, die sich darüber hinaus als echte Kabarett-Expertin erwies.

Großes Dankeschön ans Harderstar-Team für die Erstellung des Covers, Korrektorat und Lektorat im Zuge der 1. Auflage, 2021.

Abschließend ganz herzlichen Dank an alle treuen Leserinnen und Leser. Falls unter euch Gleichgesinnte weilen, die ebenso häufig in Fettnäpfchen tapsen wie ich, denkt immer daran: Egal was passiert, shit happens and nobody is perfect! Ist das nicht wahnsinnig beruhigend?

Eure Tanja Gitta Sattler

Vita

Tanja Gitta Sattler, geboren 1970, zwei Söhne, lebt mit ihrem Ehemann samt Katern in Bensheim-Schönberg. Sie reist gerne, ist ein künstlerisch und kulturell interessierter, sehr experimentierfreudiger Mensch, deshalb in vielen Richtungen aktiv. Sozialpädagogin, Sängerin, Flamencotanzlehrerin, Buchautorin, Mitglied der Interessengemeinschaft Bergsträßer Autorinnen und Autoren (IBA) sowie Kunstfreunde Bergstraße e. V. Als Studentin jobbt sie bei einem Zeitungsverlag, später in verschiedenen pädagogischen und psychosozialen Berufsfeldern (u.a. Kinder- u. Seniorenheim, Kliniksozialdienst, Tageselternbörse, Grundschule). Die Autorin gewährt ihrer Fantasie beim Schreiben jegliche Auswüchse, sie lässt sich inspirieren und genießt den freien Fall. Zitat: *„Ich bin jeden Tag aufs Neue gespannt, was als Nächstes passieren wird. Da ist nichts vorgegeben – es schreibt mich. Das ist ein unglaublich aufregendes Gefühl, ich liebe es!"*

Tanja Gitta Sattler wird oft als „Singende Autorin" betitelt, da sie ihre Lesungen gerne schwungvoll, begleitet von Ehemann Mick an der Gitarre, mit spanischen und südfranzösischen Songs untermalt. Infos/Termine unter: **www.tanjagittaskunstgestoeber.de:**

174

Weitere Bücher von Tanja Gitta Sattler:

ISBN 978-3-7481-9816-1

»Die Frau, die es nicht gibt« – Books on Demand
Tanja Gitta Sattlers Debütroman (2020) ist in allen Online-Buchshops sowie im Buchfachhandel als Paperback und E-Book erhältlich.

Coole Schlitten, scharfe Outfits, Aperol Spritz und deftige Skandale – Livia Hengst ist on tour! Der heiße Vamp passt so gar nicht ins Bild der braven Grundschullehrerin. Mit roter Mähne und schwarzer Corvette rast sie rotzfrech von einem Abenteuer zum nächsten, hinterlässt Chaos, wo sie geht und steht. Dank Onkel Charlys Spezialtraining kann sie selbst den finstersten Gestalten die Leviten lesen und wird prompt zur Heldin gekürt. Nichts scheint Livia aus der Bahn zu werfen, bis sie in den Fokus eines rachsüchtigen Waffen- und Drogenbarons gerät, zudem einem rätselhaften Mann begegnet, der ihrem Sex-Appeal eiskalt zu trotzen wagt. Urplötzlich sieht sich die Vollblutfrau am Rande eines Abgrunds stehen, woraus ihr nicht bloß Liebe und Leidenschaft, sondern auch tödlicher Wahnsinn entgegen grinsen.

ISBN 978-3-7693-1184-6

»Die Frau, die er nicht zähmen will«
Books on Demand (BoD)
Der megaheiße, ebenso Schockmomente wie prickelnde Gänsehaut erzeugende Romantikthriller *„Die Frau, die er nicht zähmen will"* (2025) ist als in sich abgeschlossener Roman zu lesen, aber auch als Fortsetzung von *„Die Frau, die es nicht gibt"* (2020). Erhältlich in allen Online-Buchshops sowie im Buchfachhandel als E-Book und Paperback.

Livia Hengst, das versaute Luder, der ultra coole Ex-Elitesoldat Pit Postow, Onkel Charly, der alte Knotterbock und die bezaubernde Stella sind wieder on stage. Aber Achtung! Trotz gepfeffertem Witz ist die Story nichts für zarte Gemüter! Der brutale Waffen- und Drogenbaron Juan Montero Fernandez sowie blutrünstige Dämonen aus Vergangenheit und Gegenwart gieren nach dem Lebensglück des „Dreamteams"! Die Leserschaft erwartet himmelschreiendes Chaos, grenzenlose Leidenschaft, purer Wahnsinn, Sex, Blood and Crime.

ISBN 978-3-99087-850-7

»Glück und Ort sind eins« – Story.one-Verlag (2021)
Untermalt von 8 schönen Farbfotos entführt die Autorin ihre Leserschaft zu ebenso interessanten wie herrlichen Orten Europas. Freut euch auf Spaßiges, Verrücktes und Himmlisches, denn die Auswahl an Reise-Erlebnissen sprüht vor Überraschungen, Power und Genuss!
Rezension von Jademeer, Amazon, 16. April 2022: *In jeder der 17 Geschichten schafft es die wortgewandte Autorin, Ungewöhnliches und Bezauberndes aus der Fremde vertraut zu machen und so eine berührende Nähe zu Menschen und Ereignissen herzustellen auf die ihr so eigenen, offenherzigen Art der lebendigen Beschreibung und der enthusiastischen Unvoreingenommenheit. Ihre Begeisterung ist einfach ansteckend, und so legte ich das Buch am Ende glücklich seufzend zur Seite und freue mich auf ein Wiederlesen ...*

Tanja Gitta Sattlers atmosphärische Reise-Short-Stories sind in edlem Hardcover im Buchfachhandel und allen Online-Buchshops erhältlich.

ISBN 978-3-7108-0511-0

»Meine Leidenschaft Flamenco« - Story.one-Verlag
Um dem Corona-Horror 2022 zu entfliehen, verewigt Tanja Gitta Sattler ihr sinnliches Eintauchen in den Kosmos des Weltkulturerbes Flamenco. 17 Short Stories in feiner Hardcover-Ausgabe, teils tiefgründig und glücklich, teils urkomisch bis hin zu nahezu schockierend, werden von 8 ausdrucksstarken Farbfotos untermalt. Im Buchfachhandel und allen Online-Buchshops.
Rezension von Jk08, Amazon, 05. Mai 2022: *Schon den ersten Roman (Die Frau, die es nicht gibt) dieser talentierten und humorvollen Autorin habe ich verschlungen. Auch dies ist wieder ein sehr gelungenes, witziges und unterhaltsames Buch. Die Autorin sprüht vor Kreativität & Leidenschaft.*

Tanja Gitta Sattler gewährt ihrer Leserschaft sehr persönliche Einblicke, wie die Selbstverwirklichung in einer fremden Kultur gelingen und darüber hinaus mit welch schönen und bösartigen Überraschungen der Showbusiness dabei aufwarten kann!